हिन्द पॉकेट बुक्स

हुए मर के हम जो रुस्वा

डॉ. नरेन्द्र कोहली प्रसिद्ध हिन्दी साहित्यकार हैं। कोहली ने साहित्य की सभी प्रमुख विधाओं में अपनी लेखनी चलाई है। उन्होंने सौ से अधिक ग्रंथों का सृजन किया है। हिन्दी साहित्य में महाकाव्यात्मक उपन्यास की विधा को प्रारंभ करने का श्रेय नरेंद्र कोहली को ही जाता है। पौराणिक एवं ऐतिहासिक चरित्रों की गुत्थियों को सुलझाते हुए उनके माध्यम से आधुनिक समाज की समस्याओं एवं उनके समाधान को समाज के समक्ष प्रस्तुत करना कोहली की अन्यतम विशेषता है। कोहली सांस्कृतिक राष्ट्रवादी साहित्यकार हैं, जिन्होंने अपनी रचनाओं के माध्यम से भारतीय जीवन-शैली एवं दर्शन का सम्यक् परिचय करवाया है। जनवरी, 2017 में उन्हें पद्मश्री से सम्मानित किया गया।

हुए मर के हम जो रुस्वा

नरेन्द्र कोहली की व्यंग्य-कथाएँ

नरेन्द्र कोहली

हिन्द पॉकेट बुक्स

यूएसए | कनाडा | यूके | आयरलैंड | ऑस्ट्रेलिया | सिंगापुर
न्यू ज़ीलैंड | भारत | दक्षिण अफ्रीका | चीन

हिन्द पॉकेट बुक्स, पेंगुइन रैंडम हाउस ग्रुप ऑफ़ कम्पनीज़ का हिस्सा है,
जिसका पता global.penguinrandomhouse.com पर मिलेगा

पेंगुइन रैंडम हाउस इंडिया प्रा. लि.,
चौथी मंजिल, कैपिटल टावर -1, एम जी रोड,
गुड़गांव-122002, हरियाणा, भारत

पेंगुइन
रैंडम हाउस
इंडिया

प्रथम हिन्दी संस्करण हिन्द पॉकेट बुक्स द्वारा 2012 में प्रकाशित
यह हिन्दी संस्करण हिन्द पॉकेट बुक्स में पेंगुइन रैंडम हाउस द्वारा 2021 में प्रकाशित

10 9 8 7 6 5 4 3 2

इस पुस्तक में व्यक्त विचार लेखक के अपने हैं, जिनका यथासंभव तथ्यात्मक सत्यापन किया गया है, और इस संबंध में प्रकाशक एवं सहयोगी प्रकाशक किसी भी रूप में उत्तरदायी नहीं हैं।

ISBN 9789353497699

मुद्रकः रेप्रो इंडिया लिमिटेड

www.penguin.co.in

“मुदर्रिस शायरी का क़साई है। ख़ूबसूरत नज़्म को पहले हलाल करेगा और फिर उसकी बोटी-बोटी कर उसे अपने ग्राहकों को दिखाकर उन्हें ख़ुश करेगा – यह लफ़्ज़ अच्छा है, यह तसव्वुर ख़ूबसूरत है, यह बात गहरी है, नज़्म गई भाड़ में।”

– इसी पुस्तक की शीर्षक कहानी से

अनुक्रम

अपहरण

कुटिया में दो द्वार थे और एक खिड़की। इस समय वे तीनों ही खुले थे। रामलुभाया ने झांक कर देखा : मच्छरदानी लगी एक चारपाई बिछी थी और उसमें घुस कर एक मुच्छड़ सेना की वर्दी पहने सो रहा था।

रामलुभाया ने मच्छरदानी से उसे अच्छी तरह लपेटा और रस्सी से बांध लिया। जब वह बंध गया, तो जागा और बोला, "क्या कर रहे हो?"

"तुम्हारा अपहरण कर रहा हूं।"

"तुम कौन हो?" उसने पूछा।

"पहले बताओ, तुम कौन हो?" रामलुभाया ने पूछा।

"मेरा नाम सुनोगे, तो पाजामा गीला हो जाएगा।"

"तुम्हारा नाम सावन की फुहार है क्या, जो गीला हो जाऊंगा?" रामलुभाया ने कहा, "मैंने तो तुम्हें वीरप्पन समझ कर बांधा है।"

"वीरप्पन ही हूं मैं।" उसने कहा, "पर वह संतरी ड्यूटी वाला किधर गया? उसने न मुझे बचाया, न जगाया।"

"यहां तो कोई नहीं था।" रामलुभाया ने कहा, "कैसे निकम्मे लोगों को ड्यूटी पर लगाते हो।"

"मैं लगाता तो ठीक-ठाक आदमी ही लगाता। यह तो चंदन तस्कर संघ वालों ने लगाया था।" वह बोला, "कोई बात नहीं, मैं भी इस बार सालों को चंदन के स्थान पर बेर की लकड़ी भेज दूंगा। उन्हें कौन सी पहचान है।"

"इस बार तो तुम ऐसे कह रहे हो, जैसे मैंने तुमको बांध न रखा हो।" रामलुभाया बोला, "छूटोगे तो लकड़ी काटोगे न!"

"अरे बांध लिया तो क्या हो गया?"

"तुम्हारा अपहरण हो गया।" रामलुभाया हंसा।

“पागल हो तुम।” वीरप्पन बोला, “अभी तो मार्ग में वनरक्षक मिलेंगे। वे मुझे छुड़ा लेंगे और तुमको वन में अवैध रूप से लकड़ी काटने के आरोप में पकड़ लेंगे।”

“ऐसा नहीं हो सकता।” रामलुभाया ने कहा, “वे तुम्हें छुड़ा कैसे लेंगे? उन्हें तो तस्करों को पकड़ने के लिए रखा गया है।”

“जिसे जो करने के लिए रखा जाता है, वह वही करता है क्या?” वीरप्पन हंसा।

“और नहीं तो क्या।”

“तुमने देखा नहीं क्या कि पुलिस निरपराधियों को पकड़ती है और अपराधी न्यायालय से मुक्त होते हैं।” वीरप्पन बोला।

“हां! होते तो हैं।” रामलुभाया ने कहा, “किंतु वे तुम्हें छुड़ा नहीं पाएंगे, क्योंकि वे मुझे पकड़ नहीं पाएंगे।”

“क्यों? पकड़ क्यों नहीं पाएंगे–तुम उनको रिश्वत देकर आए हो क्या?”

“नहीं! तुम्हारी कुटिया का वह द्वार जिससे मैं आया हूं, कर्नाटक में पड़ता है। तुम्हारी चारपाई सीमा पर है और कुटिया के जिस द्वार से मैं निकलूंगा, वह तमिलनाडु में पड़ता है। कुछ समझे?”

“हां समझा।” वीरप्पन चिंतित हो गया, “तुम आए एक प्रदेश से हो, अपराध सीमा पर हुआ है और तुम जाओगे दूसरे प्रदेश में। ऐसे में तो इस देश की, प्रदेशों में विभाजित और सीमाओं में बंधी पुलिस तुम्हें नहीं बांध सकती।”

“अब मानोगे कि मैंने तुम्हें बांध लिया?”

“सोए को बांध लिया।” वह रोषपूर्वक बोला, “जागते को बांधते तो देखता।”

“तुम भी रात को घर में घुस कर चुपके से किसी को बांध लाते हो। पुलिस को सूचना देकर बांधते तो मैं भी देखता।” रामलुभाया ने कहा।

“तुम झूठ बोलते हो।” वह बोला, “मैं तो पुलिस को सूचना देकर ही अपहरण करता हूं। पुलिस मेरी रक्षा न करे तो मैं किसी के अपहरण का साहस कैसे कर सकता था।”

“झूठ बोलते हो तुम। पुलिस तुम्हारी रक्षा क्यों करेगी?”

"क्योंकि मैं पुलिस को वेतन देता हूं।"

"तो सरकार किसको वेतन देती है?"

"मैं नहीं जानता। मैं सरकार का वित्तक मंत्रालय नहीं हूं।" वह बोला, "बहुत हो चुका। अब मुझे खोलो।"

"तेरी ऐसी-तैसी। खोलने के लिए नहीं बांधा है तुझे।" रामलुभाया ने कहा और गठरी को कंधे पर उठा कर ले चला।

"मुझे इस हालत में देखेंगे तो पुलिस वाले तुम्हें मार डालेंगे।" उसने धमकी दी।

"ऐसी स्थिति आई तो मैं तुम्हें मार डालूंगा।"

वीरप्पन डर कर चुप हो गया।

रामलुभाया आगे बढ़ा तो सचमुच पुलिस वाले आ गए, "वन में से क्या काट लाए?"

"विषवल्लरी। बहुत फैल गई थी।" रामलुभाया ने कहा।

"गठरी बहुत भारी है क्या?"

"आदमी तो हल्का है, बस उसकी मूंछें ही भारी हैं।"

"हैं! यह आदमी है?" पुलिस कप्तान चौंका।

उसने निकट आ कर ध्यान से देखा, "वीरप्पन का जुड़वां लगता है।"

"इसीलिए कहता था कि बम्बैया फ़िल्में मत देखा कर।" वीरप्पन चिल्लाया, "हरामज़ादे! यह मैं ही हूं, वीरप्पन, मेरा जुड़वां नहीं। छुड़ाओ मुझे।"

"छोड़ो इसे। छोड़ दो हमारे अन्नदाता को।" पुलिस वाले ने रामलुभाया को डंडे से धमकाया, "नहीं तो तुम्हें गोली मार दूंगा।"

"मैं वीरप्पन को पकड़ कर लाया हूं। मुझे पुरस्कार मिलना चाहिए या गोली मारी जानी चाहिए?" रामलुभाया ने पूछा।

"पुरस्कार तो मैं लूंगा, तुम्हें तो गोली ही मारूंगा।" पुलिस वाले ने पिस्तौल निकाल ली।

"मैं यह मच्छर मारने वाली दवा की शीशी इसके मुंह में ठूंस दूंगा।" रामलुभाया ने शीशी वीरप्पन के मुंह में लगाई।

"दूर कर अपनी पिस्तौल। हरामज़ादे मुझे मरवाएगा।" वीरप्पन दहाड़ा।

पुलिस वाले ने डर कर पिस्तौल छिपा ली।

दो

रामलुभाया वीरप्पन को बंगलूरु के एक होटल में ले आया। वीरप्पन चिल्लाता रहा, किंतु किसी पुलिस वाले ने उसे नहीं छुड़ाया।

"ये तुम्हारे टुकड़ों पर पलने वाले तुम्हें छुड़ा क्यों नहीं रहे?" रामलुभाया ने पूछा।

"नीचे वाले तुम्हें बहुत वीर समझ कर डर रहे हैं और ऊपर वाले सोच रहे हैं कि किसे पकड़ने में उनका हित होगा—वीरप्पन को या उसको बांध कर लाने वाले को?"

"देश का हित नहीं सोच रहे, अपना हित सोच रहे हैं?"

"देश का हित सोचते तो मैं इतने वर्षों तक वहां वन का सम्राट कैसे बना रहता।" वीरप्पन हंसा, "इनका देश इनके घर तक सीमित है। वैसे मेरी एक बात मानो।"

"क्या?"

"मुझे पुलिस को मत सौंपना। उससे तुम्हें कुछ नहीं मिलेगा।"

"तो किसे सौंपूं?"

"वह निर्णय तो तुम्हें करना है।" वह बोला।

"मैं तो निर्णय कर चुका।"

"जल्दी मत करो। फोन तो आ लेने दो।" वह बोला।

"किसका फोन?" रामलुभाया ने पूछा।

"देखो कौन करता है। जिसे आवश्यकता होगी, वह करेगा।"

थोड़ी देर में फोन बजने लगा।

"उठाओ।"

रामलुभाया ने फोन उठाया, "कहिए।"

"वीरप्पन को छोड़ दो।" उधर से किसी ने कहा, "फिरौती में जितना पैसा कहोगे, तुम्हें पहुंचा दिया जाएगा।"

"आप कौन बोल रहे हैं?"

"मैं नेता कल्याणकोष का कोषाध्यक्ष बोल रहा हूं।"

"आप उसे क्यों छुड़वाना चाहते हैं कोषाध्यक्ष जी? उसको छोड़ना देश की सुरक्षा के हित में नहीं है।"

''मूर्ख हो तुम। अपनी सोचो और देश की सुरक्षा के चक्कर में मत पड़ो।'' उस व्यक्ति ने कहा, ''बोलो। पांच करोड़ काफी होगा? अपना पैसा वसूलने के लिए हमें भी तो किसी न किसी मुख्यमंत्री का अपहरण करवाना पड़ेगा। कोई ऐसे ही तो पैसा नहीं दे देता।''

''पांच करोड़ दे रहा है।'' रामलुभाया ने वीरप्पन को बताया।

''साला मेरा मूल्य इतना कम लगा रहा है।'' वीरप्पन को क्रोध आ गया, पर उसने जल्दी ही स्वयं को शांत कर लिया, ''फिरौती की राशि में आधा-आधा करने का वचन दो तो मैं तुम्हें इससे भी अधिक दिलवा दूं।''

''नहीं छोडूंगा।'' रामलुभाया ने फोन में कहा।

''क्यों? कोई इससे ऊंची बोली दे रहा है?''

''इससे अधिक तो वीरप्पन स्वयं ही दे देगा।'' रामलुभाया ने फोन रख दिया।

फोन फिर बजा।

''क्या है?'' रामलुभाया ने पूछा।

''वीरप्पन तुम्हारे पास है?''

''है तो।''

''कितने में दोगे? दस करोड़ चलेगा?''

''तुम उसका अचार डालोगे?''

''नहीं! चुनाव लड़वाएंगे। हम उसे जनकल्याणकारी नेता के रूप में प्रतिष्ठित करेंगे।''

''वीरप्पन चुनाव लड़ेगा तो देश की सुरक्षा का क्या होगा?'' रामलुभाया ने पूछा।

''देश तुम्हारे बाप का है? और भी तो इतने डाकू चुनाव लड़ते रहते हैं।'' उधर वाले ने कहा, ''पाकिस्तान वाले तो मुशर्रफ के राष्ट्रपति होते हुए भी अपने देश की सुरक्षा के लिए चिंतित नहीं हैं और तुम...बड़े डरपोक हो।''

''नहीं! मैं उसे छोड़ कर देश की सुरक्षा के साथ मज़ाक नहीं कर सकता।'' रामलुभाया ने कहा, ''तुम किसी और को चुनाव लड़वा लो। जीत गया तो वह अपने आप ही डाकू बन जाएगा।''

“जैसी तुम्हारी इच्छा।” उधर वाले ने फोन रख दिया।

फोन फिर बजा।

“अब क्या है?” रामलुभाया ने पूछा।

“हम वीरप्पन को खरीदना चाहते हैं। क्या कीमत है उसकी?” किसी ने पूछा।

“तुम क्या संयुक्त राष्ट्र संघ से बोल रहे हो?”

“नहीं! मैं अपने देश के दूतावास से बोल रहा हूं। अभी-अभी हमारे राष्ट्रपति का फोन आया है कि वीरप्पन को खरीद लो।” उधर वाले ने कहा, “वह हमारे बड़े काम का हो सकता है। हम उससे तुम्हारे प्रधानमंत्री का अपहरण करवाना चाहते हैं। घबराओ मत। हम तुम्हारे प्रधानमंत्री को मारेंगे नहीं। बस कुछ फिरौती लेकर छोड़ देंगे। तुम्हारे यहां फिरौती में बहुत कुछ देने की परंपरा है।”

“हमारे यहां परंपरा तो शत्रु के दांत तोड़ने की भी है और दांत खट्टे करने की भी।” रामलुभाया बोला, “और सुनो। शत्रुओं के साथ क्रय-विक्रय का सम्बन्ध हम नहीं रखते।”

“उसे मार दोगे तो एक दमड़ी नहीं मिलेगी तुम्हें।” उधर वाले ने कहा, “हम सौ करोड़ रुपए दे देंगे।”

“हम देश की सुरक्षा सहस्रों करोड़ में भी नहीं बेचते।” रामलुभाया ने कहा, “कोई और घर देखो बाबा!”

(10.9.2002)

आयोग

चोर ने खिड़की की शलाकाएं काटीं और शीशा तोड़ कर कमरे में घुस गया। सामने एक व्यक्ति पड़ा सो रहा था। आस-पास कोई नहीं था। उसकी पत्नी उसके निकट कहीं नहीं थी। कमरे में एक ही पलंग था, जिसका अर्थ था कि पति-पत्नी अलग-अलग कमरों में सोते थे। उनमें कोई मतभेद रहा होगा।

चोर ने सोचा, अच्छा अवसर है। वह कुछ भी चुरा सकता था। कुछ भी...जो कुछ दृष्टि के सम्मुख था, उनमें से कुछ भी उठाया जा सकता था। आज उससे भूल हो गई थी, वह अपने साथ ट्रक या टैंपो जैसी कोई सवारी नहीं लाया था, नहीं तो इस घर का सारा सामान, यहां तक कि इस व्यक्ति समेत इसका पलंग भी वह उठा कर ले जा सकता था।

उसने टी. वी. उठा लिया। पर अंधेरे में पलंग के ही एक पाए से ठोकर लग गई। सोया हुआ आदमी हिला। चोर ने निकट जाकर देखा : वह हिला ही था। अभी जागा नहीं था। फिर भी चोर को क्रोध आ गया। वह हिला क्यों? उसे नहीं मालूम कि घर के लोग इस प्रकार मिलते-जुलते रहें तो चोरों की एकाग्रता भंग होती है। किसी की साधना को इस प्रकार बाधित करना कोई न्याय है क्या।...

चोर ने अपने क्रोध को बहलाना चाहा, किंतु वह नहीं बहला। क्रोध साधारण क्रोध नहीं था। कलयुगी क्रोध था। रक्तबीज के समान बढ़ता गया।

चोर ने एक शलाका उठा ली और सोए व्यक्ति को ज़ोर से दे मारी। यह भी नहीं देखा कि उसका सिर मुंह किधर था। उसका सिर तो नहीं फट जाएगा। वह मर तो नहीं जाएगा।...मर जाएगा तो मर जाए साला, पर वह हिला क्यों?

वह व्यक्ति मरा नहीं। इस बार ज़ोर से हिला। संयोग से शलाका

की चोट तकिए पर पड़ी थी और उससे व्यक्ति की नींद उचट गई थी। उसने खतरे को भांप लिया था और वह उचक कर खड़ा हो गया था।

चोर ने चाकू निकाल लिया। अच्छा था कि वह उस व्यक्ति को समाप्त ही कर डाले। फिर आराम से सुबह तक चीज़ें बटोरता और बांधता रहेगा।

पर वह व्यक्ति भी कुछ कम नहीं था। उसने चोर के हाथ में चाकू देखा, तो तकिए के नीचे से पिस्तौल निकाल ली। चोर जब तक उस पर वार करता, उसने गोली चला भी दी थी।

गोली चोर के पैर में लगी। व्यक्ति ने गोली पैर में ही मारी थी। चोर भूमि पर गिर पड़ा। चोर के हाथ से चाकू खिसक गया और वह अपना पैर पकड़ कर बैठ गया। व्यक्ति ने आवाज़ें देकर घर के अन्य लोगों को भी बुला लिया और रस्सी भी मंगा ली। चोर के हाथ पैर बांध दिए गए।

"अरे पुलिस को तो बुलाओ।" व्यक्ति की पत्नी ने कहा।

"पुलिस क्या करेगी?" व्यक्ति झल्लाया, "मैंने उसे पकड़ लिया है और उसे बांध भी दिया है। अब पुलिस का अचार डालना है क्या?"

"तो उसे जेल में भी तुम ही रखोगे?" पत्नी झल्लाई, "तुम्हारे पास जेल है क्या? अपने तकिए के नीचे तो नहीं छुपा रखी?"

"यह घर जेल ही तो है।" व्यक्ति बोला, "तुमने आज तक मुझे बंदी ही तो बना रखा है।"

पत्नी का मूड बिगड़ गया, "स्वयं ही तो कहा करते थे कि तुम मेरी अलकों के बंदी बने रहना चाहते हो और अब आधी रात को जगा कर बकवास कर रहे हो। सारी उमर यही सब सुना है मैंने, पर आज नहीं सुनूंगी।" वह रुकी और फिर झपट कर उसने दुगने वेग से आक्रमण किया, "पुलिस बुलाओगे या चप्पल उठाऊं?"

व्यक्ति ने फोन कर दिया और चकित खड़ा रह गया, क्योंकि पुलिस सचमुच आ गई।

इंस्पैक्टर ने चोर को उसके कालर से पकड़ा तो चोर दहाड़ उठा, "खबरदार जो मुझे हाथ लगाया।"

"तो पांव लगाएं?" इंस्पैक्टर ने अपनी प्रतिभा का प्रदर्शन किया।

"नहीं! कोई आवश्यकता नहीं।" चोर ने खड़े होने का प्रयत्न किया, "मैं जा रहा हूं, मानवाधिकार आयोग में, तुम्हारी शिकायत करूंगा।"

''थाने नहीं चलोगे?'' इंस्पैक्टर ने रो कर पूछा।

''नहीं! मानवाधिकार आयोग में जाऊंगा।'' चोर ने कहा।

''क्यों? वहां क्या है? तुम कोई खास चीज़ हो कि थाने न जाकर मानवाधिकार आयोग जाओगे?''

''हां! मैं मानव हूं। मानव के कुछ अधिकार होते हैं। और उनकी रक्षा के लिए सरकार ने एक आयोग बनाया है। वह इसलिए तो नहीं बनाया गया कि वहां उल्लू बोलते रहें। वह बना है कि हम जैसे मानव वहां जाएं और वह हमारी रक्षा करे। वह कवच है हमारा।''

''क्या कारण है तुम्हारा वहां जाने का। मानव तो यह भी है।'' इंस्पैक्टर ने कहा।

''यह मानव है?'' चोर ने घृणा से कहा, ''इसने मुझे अपनी हत्या नहीं करने दी। इसने मुझे गोली मारी है। मेरे साथ, एक मानव के साथ, अमानवीय व्यवहार किया है। अब पुलिस इसका साथ देगी, तो मैं पुलिस की भी शिकायत करूंगा। और अपनी गवाही के लिए किसी डॉक्टर को बुला लूंगा।''

पुलिस इंस्पैक्टर डर गया, ''चलो, तुम्हें अस्पताल ले चलें। मरहम पट्टी तो करवा लो।''

''नहीं! नहीं जाऊंगा अस्पताल। तुम मामले को रफा-दफा करना चाहते हो।''

''तो चल तुझे मानवाधिकार आयोग ही ले चलूं।'' इंस्पैक्टर को भी क्रोध आ गया, ''मैं तुम्हें भागने तो नहीं दूंगा।''

चोर ने मानवाधिकार आयोग में, एक शांतिप्रिय नागरिक द्वारा अपने मानवीय अधिकारों के हनन की शिकायत कर दी।

''तुम इनके घर में क्यों घुसे थे?'' आयुक्त ने चोर से पूछा।

''चोरी करने और यदि यह चोरी न करने दे तो इसकी हत्या करने।''

''क्यों? हत्या करना तो अपराध है।'' आयुक्त ने कहा।

''होगा किंतु यह प्रतिदिन अपनी पत्नी से मार खाता था। मुझसे इसकी पीड़ा देखी नहीं जाती थी। मैं इसे इसके यातनामय जीवन से मुक्ति दिलाना चाहता था।'' चोर बोला, ''मैं इसका शुभचिंतक हूं। मैं मानवता का दाता हूं।''

''आपकी पत्नी आपको रोज़ पीटती थी?'' आयुक्त ने व्यक्ति से पूछा।

''जी!''

''क्यों पीटती थी?''

''जी! हम दोनों में कुछ मतभेद हैं।''

''कैसे मतभेद, जो मारपीट तक जा पहुंचते हैं?''

''जी! वह जरा गंभीर विचारों की है। हर बात को बहुत गंभीरता से ग्रहण करती है।''

''और आप?''

''मैं कुछ हल्का-फुल्का, विनोदी आदमी हूं। जीवन को कभी मैंने उस प्रकार गंभीर दृष्टि से नहीं देखा।''

''यह क्या मतभेद हुआ?''

''जी! इससे अधिक मुंह खोलूंगा, तो नारी अधिकारों का हनन हो जाएगा और नारी आंदोलन की सदस्याएं, मुझे भरे बाज़ार में जूते मारेंगी।''

''तो आपने प्रतिकार क्यों नहीं किया?''

''जी प्रतिकार करता तो वह महिला आयोग में चली जाती।''

''तो आप मार खाते रहे?''

''तो आप क्या करते हैं? आपकी पत्नी आपको मारती नहीं, या धिक्कारती नहीं, या अपमानित नहीं करती? आप ने कभी प्रतिकार किया?''

''बात तुम्हारी और तुम्हारी पत्नी की है।'' आयुक्त ने बुरा सा मुंह बनाया, ''मुझे क्यों बीच में घसीटते हो?''

''मैंने तो उदाहरण दिया है श्रीमन्!''

''ऐसे घटिया उदाहरण मत दिया करो, इससे मानव के अधिकारों का हनन होता है।'' आयुक्त बोले, ''तो तुम अपना दोष स्वीकार करते हो। तुम पर दोहरे आरोप हैं।''

''जी! क्या क्या?''

''तुम अपनी पत्नी से पिटते रहे और कुछ नहीं बोले। उससे मानव के अधिकारों का हनन हुआ।'' आयुक्त ने कहा, ''दूसरा, तुमने अपने घर में तुम्हारी हत्या के उद्देश्य से घुस आए इस चोर को गोली मारी। चोरों और हत्यारों के साथ ऐसा अमानवीय दुर्व्यवहार नहीं करना चाहिए।''

''जी सरकार! माई बाप!''

"अपना अपराध स्वीकार करते हो?"

"जी! माई बाप। स्वीकार करता हूं।"

"तो फिर उसका दंड भी स्वीकार करो।" आयुक्त उसका दंड लिखने में व्यस्त हो गए।

दो

"दिल्ली में महिलाएं तनिक भी सुरक्षित नहीं हैं। उनके विरुद्ध अपराध बढ़ते ही जा रहे हैं।" वे बोले।

"कारण?" मैंने पूछा।

"अपराधी को दंड नहीं मिलता तो उसका साहस बड़ जाता है; और फिर उसको देख कर और अपराधी पैदा होने लगते हैं।"

"समाधान क्या है?"

"कठोर दंड।"

"अर्थात्?"

"बलात्कारी को मृत्युदंड दिया जाए।" वे बोले।

"जब धनंजय चटर्जी को मृत्युदंड दिया जा रहा था तो आप भी मोमबत्तियां लिए, रात भर सरकार के विरुद्ध नारे लगाते रहे थे—यह सरकार अपराधियों को सुधारती नहीं, उन्हें फांसी पर चढ़ा देती है, इत्यादि-इत्यादि। सरकार की बहुत हाय-हाय की थी आपने।"

"वह मानवाधिकार का मामला था।" वे बोले, "प्रत्येक मानव को जीने का अधिकार है। आप उसको कोई भी दंड दे सकते हैं, पर उसका जीवन नहीं छीन सकते। जब आप किसी को जीवन दे नहीं सकते तो किसी का जीवन छीन कैसे सकते हैं?"

"तो बलात्कारी और हत्यारों के भी मानवाधिकार हैं?" मैंने पूछा।

"क्यों नहीं। वे मनुष्य नहीं हैं क्या?"

"नहीं! वे दरिंदे हैं। हिंस्र पशु हैं।" मैंने कहा, "यह बताओ कि जिस बालिका, किशोरी, युवती अथवा प्रौढ़ा के साथ बलात्कार कर उसकी हत्या की जाती है, उसके कोई मानवाधिकार हैं या नहीं हैं? उसे जीने का अधिकार है या नहीं?"

"है। है क्यों नहीं?"

"तो जिस बलात्कारी हत्यारे ने उसका सम्मान और जीवन छीना, उसे क्या अधिकार था कि वह किसी दूसरे का जीवन छीने? यदि देश की सरकार को यह अधिकार नहीं है कि वह बलात्कार और हत्या जैसे अपराध करने वाले से उसका जीवन छीन सके, तो एक अपराधी को यह अधिकार कैसे दिया जा सकता है कि वह किसी के भी प्राण ले ले?"

"नहीं! उसको यह अधिकार नहीं है।"

"तो तुम उस सारी रात क्या बकवास करते रहे थे?"

"वह बकवास थी?"

"तो और क्या था? तुम सरकार को धमकियां और गालियां देते रहे थे और मुझे लग रहा था कि तुम देश के सारे शांतिप्रिय नागरिकों को धमका रहे हो। राक्षस कहीं के।"

"नहीं! ऐसा कुछ तो नहीं था।"

"तुम शांतिप्रिय नागरिकों के पक्ष में हो या बलात्कारी हत्यारों के?"

"तुम मुझसे ऐसा अनर्गल प्रश्न कैसे कर सकते हो।" वे बिफर गए, "मैं हत्यारों और बलात्कारियों के पक्ष में कैसे हो सकता हूं। मैं तो केवल मानवाधिकारों..."

"तो तुम चाहते हो कि मनेन्द्रसिंह कोहली को मृत्युदंड मिले, क्योंकि उसने भी वही अपराध किया है।"

"हां! वहां की सरकार चाहे तो मृत्युदंड दे। मुझे क्या कहना है?"

"तो धनंजय चटर्जी में ऐसा क्या था कि तुम चाहते थे कि उसे मृत्युदंड न दिया जाए?"

"उसके माता-पिता को देखो, कैसे वृद्ध और निर्धन हैं। उनपर तो दया की जानी चाहिए थी।" वे अब भी अपनी बात पर दृढ़ थे।

"तो वृद्ध और निर्धन माता-पिता के पुत्रों को अधिकार है कि वे दूसरों की पुत्रियों के साथ बलात्कार कर उनकी हत्या कर दें।"

"मैंने यह नहीं कहा।"

"कह तो तुम यही रहे हो, किंतु तुम्हारी समझ में कुछ नहीं आ रहा है।"

"मैं मानवाधिकार के पक्ष में...।"

"तुम राक्षसाधिकार के पक्ष में प्रदर्शन करते रहे थे।"

"मैं तो केवल यह कह रहा हूं जब हम किसी को जीवन दे नहीं सकते तो हमें किसी का जीवन लेने का क्या अधिकार है। संसार के बड़े-बड़े चिंतकों ने यही कहा है।"

"उन बड़े-बड़े चिंतकों की बेटियों के साथ किसी ने बलात्कार नहीं किया था और न ही किसी ने उनकी हत्या की थी।" मैंने उनको टोक दिया।

वे चुप होकर मेरी ओर देखने लगे।

"हमें किसी के प्राण लेने का अधिकार नहीं है?"

"नहीं।" वे बोले।

"चाहे वह हमारे प्राण ले ले।"

"हमें आत्मरक्षा का अधिकार है।"

"आत्मरक्षा तभी तक होती है, जब तक हम जीवित और समर्थ हैं।"

"तभी तक करो।"

"और यदि कोई किसी की हत्या करने आए या हत्या कर जाए, तो उसे प्राणदान दिया जाए।"

"हां! उसे कोई और दंड दिया जा सकता है।"

"हम सेना क्यों रखते हैं?" मैंने पूछा।

"देश की रक्षा के लिए।"

"मैं कहूंगा, उन लोगों के प्राण लेने के लिए, जो हमारे देश पर आक्रमण करते हैं, हमारी भूमि छीनते हैं, हमारे नागरिकों को मारते अथवा बंदी बनाते हैं, हमारे देश को नष्ट करने का प्रयत्न करते हैं।"

"हां! ऐसा ही है।" वे सहमत हो गए।

"तो सेना के रूप में सरकार को अधिकार है कि वह किसी के प्राण ले, किंतु न्यायाधिकरण के रूप में नहीं है?"

"वह देश के शत्रुओं के लिए है।"

"और समाज के शत्रुओं के लिए नहीं है?"

"हम उनके प्राण नहीं ले सकते। मानवाधिकार की बात है।"

"मानवाधिकार प्रत्येक मानव का है—देश के शत्रुओं का भी। कल को तुम कहोगे कि हमें विदेशी आक्रमणकारियों के प्राण लेने का भी अधिकार नहीं है।"

"ऐसा हम क्यों कहेंगे? पागल हैं क्या?"

"इसका उत्तर तो शायद तुम भी नहीं दे सकते; क्योंकि धनंजय चक्रवर्ती के समर्थन का भी कोई तर्क नहीं है।"

"तो तुम कहते हो कि धनंजय को फांसी देना उचित था?" उन्होंने चकित होकर पूछा।

"उस छह वर्ष की बच्ची के माता-पिता से पूछो, जिसकी हत्या कर एक राक्षस ने उसकी टांगें काट कर उससे दुष्कर्म किया।" मैं कुछ आवेश में था, "और तुमने भी तो बातचीत के आरंभ में बलात्कारी के लिए मृत्युदंड प्रस्तावित किया था।"

"ओह!" उन्होंने अपना सिर खुजलाया, "मैं जब महिला संगठनों के साथ काम करता हूं तो बलात्कारियों को मृत्युदंड दिए जाने का समर्थन करता हूं और जब मानवाधिकार संगठनों के साथ काम करता हूं तो बलात्कारियों को ही नहीं हत्यारों को भी मृत्युदंड से बचाने के लिए नारे लगाता हूं। पता नहीं मैं क्या करता रहता हूं।"

"मैं बताऊं, तुम क्या करते रहते हो।" मैंने कहा, "तुम प्रदर्शन करने और नारे लगाने वाली एक मशीन हो, जिसके बटन दूसरों के हाथ में हैं। वे बटन दबाते हैं और तुम कठपुतली के समान उनकी आज्ञाओं का पालन करने लगते हो।"

तीन

धुरंधर जी बहुत जल्दी में थे। बैंक अभी खुला भी नहीं था कि उन्होंने बैंक के कपाट पीटने आरंभ कर दिए।

"क्या बात है?" चौकीदार ने पूछा, "कपाट क्यों पीट रहे हैं? बैंक अभी खुला नहीं है।"

"नहीं खुला है, इसीलिए खुलवा रहा हूं।" धुरंधर जी चिल्ला कर बोले, "बंद क्यों है अभी तक? बैंक को पता नहीं है कि संसार में क्या हो रहा है।"

"क्या हो रहा है?" चौकीदार ने पूछा।

''एक शरीफ लड़की को आतंकवादी कह कर मार दिया, पुलिस वालों ने।''

''तो बैंक वाले विरोध प्रदर्शन करने के लिए, समय से पहले बैंक खोल कर बैठ जाएं?'' चौकीदार हंसा, ''बैंक वाले किसी का भी विरोध करें, बैंक बंद कर देते हैं। अब आप बताएं विरोध होना चाहिए क्या?''

''और क्या! यह नरेन्द्र मोदी जो कुछ कर रहा है, उसका विरोध होना चाहिए। हमें निर्दोष लोगों के पक्ष में खड़े होना चाहिए।''

''धुरंधर जी! आपको कैसे मालूम है कि वह लड़की आतंकवादी नहीं थी—आप पुलिस में हैं, या आतंकवादियों से मिले हुए हैं?''

''जब तक यह प्रमाणित न हो जाए कि कोई व्यक्ति आतंकवादी है, तब तक उसे आतंकवादी नहीं मानना चाहिए।''

''तो जब तक यह प्रमाणित न हो जाए कि आप शरीफ आदमी हैं, हम आपको शरीफ कैसे मान लें?''एक व्यक्ति ने कहा।

दूसरे ने उसे धकिया दिया, ''तो आप पुलिस को समय दीज़िए कि वे प्रमाणित करें कि वह लड़की आतंकवादी थी या नहीं।''एक व्यक्ति ने कहा।

''अरे पुलिस वालों का क्या है।'' धुरंधर जी बोले, ''इन्होंने अक्षरधाम में घुस आए उन दो पाकिस्तानी श्रद्धालुओं को मार गिराया और उन्हें अपनी सफाई में कुछ कहने का अवसर ही नहीं दिया।''

''उन आतंकवादियों ने अपनी गोलियों से मंदिर को भक्तों के रक्त से रंग कर अपनी सफाई में सब कुछ कह तो दिया था।'' उस व्यक्ति ने कहा और फिर रुक कर पूछा, ''सफाई से कहीं आपका तात्पर्य, मंदिर के फर्श की धुलाई तो नहीं है?''

''नहीं।'' धुरंधर जी बोले।

''तो क्या आतंकवादियों द्वारा आपकी सफाई...।'' उस व्यक्ति का वाक्य अधूरा ही रह गया और धुरंधर जी को बैंक के मैनेजर आते दिखाई पड़ गए।

''आप इतनी देर से आते हैं और उधर पुलिस वाले निर्दोष लोगों को मारते जा रहे हैं।''

मैनेजर ने कुछ आश्चर्य से धुरंधर जी को देखा, ''मैं अपने समय से

आया हूं और मेरा सम्बन्ध अपने बैंक को चलाने से है, पुलिस और आतंकवादियों की मध्यस्थता का काम मेरा नहीं है।"

"अच्छा लाओ। मेरे पैसे दो।" धुरंधर जी बोले, "वह तो तुम्हाराकाम है।"

"चेक लिखिए और मेरे केबिन में आकर अपने पैसे ले लीजिए। आप बड़े आदमी हैं, हम आपको काउंटर पर खड़े होने का कष्ट नहीं देंगे।"

"पर मेरे पैसे तो मेरे लॉकर में हैं।" धुरंधर जी बोले, "काला धन है न! वह न चेक से जमा होता है, न चेक से निकलता है।"

"तो लॉकर के काउंटर पर जाइए।" सहसा मैनेजर रुक गया, "क्या गोली बारी में आपके घर का कोई व्यक्ति घायल हो गया है या आप पुलिस को उसकी वीरता का पुरस्कार देना चाहते हैं?"

"मूर्ख हो तुम।" धुरंधर जी बोले, "मैं इस देश से अत्याचार मिटा देना चाहता हूं। पीड़ितों के पक्ष में उनके साथ खड़ा होना चाहता हूं।"

मैनेजर की समझ में कुछ नहीं आया। उसने लॉकर खुलवा दिया। धुरंधर जी अपने लॉकर से नोटों की गड्डियां निकाल कर अपने थैले में ठूंसते रहे।

लौट कर उन्होंने अपने ड्राइवर को डांटा, "अभी तक तूने गाड़ी सीधी नहीं की मूर्ख। जितनी देर होगी, उनकी पीड़ा बढ़ती जाएगी।"

"समय बीतने से तो पीड़ा कम होती है सेठ!" ड्राइवर ने कहा।

"बकवास मत कर और जल्दी चल पीड़ितों के घर की ओर। यह न हो कि कोई और हम से भी पहले पहुंच जाए और पैसे देकर उन लोगों को अपनी ओर कर ले।"

ड्राइवर कुछ नहीं समझा, पर वह चलता रहा। धुरंधर जी ही उसे दाएं बाएं घुमाते रहे।

पीड़ितों के घर पहुंच कर धुरंधर जी ने नोटों की गड्डियां उनके सामने बिछा दीं, "देख लो अभी भी इस देश में न्याय है। पुलिस ने गोली मार दी तो क्या, हम तो बैठे हैं, तुम्हारी सहायता के लिए।"

"आप किस संगठन के हैं?" एक आदमी ने धीरे से उनके कान में पूछा।

"क्या मतलब?"धुरंधर जी ने पूछा।

वह उन्हें घसीट कर एक ओर ले गया, "सबके सामने पैसे दे रहे

हो बेवकूफ। हथियार छिपा कर खरीदे जाते हैं। किसी को कानों-कान खबर नहीं होनी चाहिए कि उन्हें हथियार खरीदने के लिए पैसे कहां से मिले।"

"पर मैं हथियार खरीदने के लिए नहीं, नरेन्द्र मोदी को बदनाम करने के लिए पैसे दे रहा हूं।"

"तो जा किसी वेश्या के घर मर, जो किसी पुरुष को बदनाम कर सके। यहां क्यों झक मार रहा है।" वह व्यक्ति भीड़ में कहीं गायब हो गया।

धुरंधर जी लौटे तो देखा कि नोटों के बंडल किसी ने समेट लिए थे, किंतु उनको कोई पहचानता भी नहीं था। वे उस शरीफ लड़की की मां के निकट जाने का प्रयत्न कर ही रहे थे कि एक महिला ने कहा, "हट मरदुए। कहां औरतों में धंसा जा रहा है। मां बहन नहीं हैं तेरे घर पर।"

धुरंधर जी संभल गए, कहीं औरतों को छेड़ने के कलंक में उनकी पिटाई हो गई तो।

"मैं तो पीड़ितों की सहायता करने के लिए रुपए देने आया था।"

"तो दे और मुंह काला कर।"

"दे दिए।"

"यहां किसी ने नहीं लिए। अब भाग जा।"

तभी शोर मच गया, "पुलिस आ गई। पुलिस आ गई।"

भीड़ की भवें तन गईं, "पुलिस यहां क्या करने आई है?"

"आप लोग शांत रहिए।" पुलिस इंस्पैक्टर ने कहा, "हम आपके लिए नहीं आए हैं। हम तो उस धुरंधर को पकड़ने आए हैं, जो आतंकवादियों को हथियार खरीदने के लिए धन पहुंचाता है।"

"अरे मेरे नोट लौटाओ।" धुरंधर जी शरीफ लड़की की मां के निकट जाने का प्रयत्न कर रहे थे और लोग थे कि उन्हें धकियाते जा रहे थे।

पुलिस वाले धुरंधर जी के निकट होते जा रहे थे।

"अरे मेरे नोट लौटाओ।"

"कौन से नोट?" किसी ने पूछा।

"तो आपने नोट दिए?" इंस्पैक्टर ने धुरंधर की भुजा पकड़ ली।

"मैंने नोट नहीं दिए, मैं तो बस नरेन्द्र मोदी को बदनाम करने का प्रयत्न कर रहा था।"

"नहीं! आप राजनीतिक विरोध के नाम पर देशद्रोहियों और राष्ट्र के शत्रुओं की सहायता कर रहे थे।" इंस्पैक्टर ने कहा, "सदा से वही करते आए हैं और वही करते रहेंगे। हमारे साथ चलिए। हम आपके लॉकर भी देखेंगे और बैंक के खाते भी। आख़िर आपके पास इतना धन आता कहां से है।"

इंस्पैक्टर ने धुरंधर की कलाई थाम ली।

"मुआ हमें बदनाम करने आया था।" किसी महिला ने कहा।

एक पत्थर आकर धुरंधर के सिर पर ज़ोर से बजा।

"अरे हज़ारों लोग उस शरीफ लड़की के जनाज़े में सम्मिलित हुए थे। मुझे ही क्यों मार रहे हो?"

"इसलिए कि कहीं तुम जयललिता को बदनाम करने के लिए कुंभकोणम के स्कूलों में आग लगा कर बच्चों को जलाने वालों को पीड़ित मान कर उनको आर्थिक सहायता देने के लिए न पहुंच जाओ।"

"मैं इतना मूर्ख हूं क्या?"

"अपने पूरे राष्ट्र को नष्ट करने वाले जयचंदों ने कब माना है कि वे मूर्ख हैं?"

चार

"वह आ रही है उनकी गाड़ी। तैयार हो जाओ।" पहले सिपाही ने कहा।

"देख भैया! मैं तो उनके पास नहीं जाऊंगा।" दूसरे ने कहा।

"पर क्यों?"

"उस दिन दिल्ली में चार लुटेरों से उस यात्री को बचाने के लिए दो सिपाही गए थे। लुटेरों ने सिपाहियों पर ही लाठियों और चाकुओं से हमला बोल दिया। पुलिस का कोई रौब तो है नहीं। जिसे देखो, पुलिस वालों को पीट देता है।" दूसरा बोला, "तुम्हें मालूम है कि उन दोनों सिपाहियों में से एक मर गया और दूसरा अस्पताल में पड़ा है।"

"तो क्या हो गया रामलुभाया! हमारा तो काम ही जोखम का है।" पहले ने कहा, "शत्रुओं से लड़ते हुए सैनिक भागते हैं क्या? वे अपने प्राण नहीं देते?"

''देते होंगे।'' रामलुभाया बोला, ''पर उन्हें तो सारा देश शाबाशी देता है और यहां जिसे बचाने गए थे, वही साला भाग गया। पता ही नहीं चला, कौन था। अब पुलिस रपट लिखे तो क्या लिखे? किसको बचाने गए थे वे सिपाही। केस ही नहीं बनता।'' रामलुभाया पीछे हट गया, ''नहीं भैया! मैं तो नहीं जाऊंगा।''

''देख रामलुभाया!'' भोलाराम ने कहा, ''इतना डरने की भी बात नहीं है।''

''क्यों?''

''अरे वे दोनों सिपाही अपने छोटे-छोटे डंडे लेकर भिड़ गए थे, उन लुटेरों से, जिनके पास लठ और चाकू थे।'' भोलाराम बोला, ''हमारे पास तो अच्छी भली स्वचालित राइफलें हैं।''

''तो?'' रामलुभाया कुछ और उग्र होकर बोला, ''राइफलें हैं, यह तो ठीक है किंतु हमें लुटेरों से नहीं, आतंकवादियों से भिड़ना है। उनके पास ए.के. छियालीस और सैंतालीस होती हैं। गोलियों की एक बौछार करेंगे और हम दोनों चित हो जाएंगे।''

''हम बौछार नहीं कर सकते क्या?'' भोलाराम ने जैसे उसे ललकारा।

''हां! बड़े आए बौछार करने वाले।'' रामलुभाया बोला, ''हम पुलिस वाले हैं। हमें उन्हें रुकने के लिए कहना होगा। वे नहीं रुके और हमें मार कर भाग गए तो और बात है। रुक गए तो...।''

''रुक गए तो?''

''तो हमें उनके पास जाकर उन्हें कहना होगा, अपने पासपोर्ट दिखाओ। अपने वे काग़ज़ दिखाओ, जिन से प्रमाणित हो सके कि तुम आतंकवादी हो। वे आतंकवादी न हुए तो ठीक। नहीं तो...।''

''नहीं तो?''

''नहीं तो हम उनके काग़ज़ जांचते रहेंगे और वे हमें ठां-ठां कर चलते बनेंगे।''

''हम पागल हैं क्या।'' भोलाराम बोला, ''हमें ऊपर से पक्की सूचना मिली है कि इस गाड़ी में आतंकवादी हैं। हम क्यों अपनी राइफलें टांगे हुए जाकर उनसे पूछताछ करेंगे। मरना है क्या?''

''पूछताछ नहीं करोगे, तो क्या करोगे?''

"हम उन्हें रोकेंगे। जब वे रुक जाएंगे तो हम उन्हें कहेंगे कि वे अपने शस्त्र डाल दें और हाथ ऊपर उठाए हुए बाहर निकल आएं। वे बाहर आ जाएंगे और हम उन्हें हथकड़ियां डाल देंगे।"

"इतना ही तो आसान है।" रामलुभाया बोला, "वे आतंकवादी हैं। न बाहर निकलेंगे, न हाथ उठाएंगे। वे तो खिड़की का शीशा नीचे करेंगे और ए.के. सैंतालीस का प्रसाद दे जाएंगे। हमारे विभाग को तो हमारे शव ही मिलेंगे।"

"ऐसा नहीं है।" भोलाराम बोला, "हमें जैसे ही संदेह होगा कि वे आतंकवादी हैं, हम फायरिंग करेंगे। वे हम से बच नहीं सकते।"

"वे हम से बच सकते हैं या नहीं, मैं नहीं जानता किंतु हम बच नहीं सकते।" रामलुभाया बोला, "यदि उन्होंने हम को मार गिराया, तो ठीक। पर यदि हमने उन्हें मार गिराया, तो हम नहीं बच सकते।"

"पर क्यों? जब हमने उन्हें मार ही गिराया तो हम बच क्यों नहीं सकते?"

"क्योंकि फिर हमें मार गिराने के लिए मानवाधिकार आयोग आ जाएगा।"

"मानवाधिकार आयोग का इसमें क्या काम?" भोलाराम चकित था।

"वह आएगा और पूछेगा कि हमने गोली चलाने से पहले, उनका नाम-ग्राम पूछा था क्या? उनसे पूछताछ क्यों नहीं की? उनका ड्राइविंग लाइसेंस क्यों नहीं देखा? उनकी गाड़ी का रजिस्ट्रेशन क्यों नहीं मांगा? उनका पासपोर्ट क्यों नहीं देखा? उनके हथियारों का लाइसेंस क्यों नहीं मांगा। हमने पहला अवसर उन्हें क्यों नहीं दिया कि वे हमें मार गिराते। हमारे पास क्या प्रमाण है कि वे आतंकवादी ही थे।"

"तुम तो पागल हो गए हो रामलुभाया!"भोलाराम कुछ उत्तेजित होकर बोला, "वे लोग सिर पर आ गए हैं और तुम अभी तर्क-वितर्क ही किए जा रहे हो।"

"वे हमारे सिर पर ही नहीं आ गए हैं, वे हमारा सिर लेने आ गए हैं; और हम उनके आतंकवादी होने का कोई प्रमाण नहीं जुटा पाए हैं।"

"अरे, यदि वे हमारे ललकारने पर ढंग से रुक ही गए, तो सारी पूछताछ कर लेंगे हम।" भोलाराम बोला, "किंतु उन्होंने गोली दागी, तो वे आतंकवादी ही हैं।"

"पर हमारे पास उनके आतंकवादी होने का कोई प्रमाण तो नहीं है न! बस सूचना ही तो है! हम सूचना पर किसी को गोली तो नहीं मार सकते।"

"अरे मूर्ख।" भोलाराम ने दांत पीसे, "यदि वे हम पर गोली चलाएंगे, तो इसका अर्थ है, उनके पास शस्त्र हैं। और इस प्रकार शस्त्र रखना और पुलिस पर गोली चलाना, आतंकवादी होने का प्रमाण है।"

"मानवाधिकार आयोग न माना तो?"

"उनके शस्त्र देखने के बाद भी?"

"वे तो शस्त्र बाद में देखेंगे, पहले प्रेस वाले छाप देंगे कि पुलिस ने उन्हें मार कर उनके शवों के पास शस्त्र डाल दिए हैं। वे लोग तो निर्दोष नागरिक थे। उनके तो अभी दूध के दांत भी नहीं टूटे थे।"

"प्रेस वालों ने उनके दूध के दांत देख लिए?"

"उनके लिए कुछ भी देखना आवश्यक नहीं है। उनका काम है लिखना। शोर मचाना। आरोप लगाना। प्रमाण जुटाना तो हमारा काम है।" रामलुभाया बोला।

"प्रमाण जुटाएंगे न!"

"कैसे जुटाओगे?"

"छानबीन नहीं होगी?"

"छानबीन होगी।" रामलुभाया बोला, "आतंकवादियों के पड़ोसियों से पूछा जाएगा, क्या वे आतंकवादी थे?"

"अरे कोई अपने पड़ोसियों को बता कर आतंकवादी बनता है।" भोलाराम झींक कर बोला, "और यदि वह बता भी दें, तो उनके साथियों के भय से कोई पड़ोसी बता देगा कि वे आतंकवादी थे।..." भोलाराम कुछ रुका, "जिन दिनों कुछ पढ़ता-लिखता था न, उन दिनों मैंने एक चेक कहानी पढ़ी थी। चेक समझते हो?"

"हां! चेकोस्लोवाकिया की कहानी।"

"हां! वह द्वितीय महायुद्ध के दिनों की कहानी थी।" भोलाराम बोला, "उस कहानी में जब पुलिस एक महिला को उसकी देशद्रोही गतिविधियों के लिए बंदी बनाने आती है, तो उसका पति ही चकित रह जाता है। वह उसकी पत्नी थी, बारह वर्षों से उसकी पत्नी थी और वह उसकी गतिविधियों

के विषय में कुछ भी नहीं जानता था। तो ऐसे में कोई पड़ोसी कैसे जानेगा और कैसे बताएगा?"

"नहीं बताएगा।" रामलुभाया ने कहा, "मैं भी तो यही कह रहा हूं। पर न इसे मानवाधिकार आयोग मानेगा, न प्रेस, न विरोधी राजनीतिक दल।" रामलुभाया ने आह भरी, "कितने दुष्ट हैं ये आतंकवादी। इन्हें कम से कम अपने शरीफ पड़ोसियों को तो बता कर रखना चाहिए कि वे आतंकवादी हैं। किराए पर मकान लेते हुए, मालिक मकान को ही बता दें कि वे आतंकवादी हैं। और तो और मुहल्ले के उस बनिए को भी नहीं बताते, जिससे राशन खरीदते हैं। राशनकार्ड पर भी नहीं लिखवाते कि वे आतंकवादी हैं। वैरी बैड। इन से तो पंजाब के वे आतंकवादी ही अच्छे थे, जो अपने मोटरसाइकलों पर लिख कर चलते थे–'उगरवादी'।"

"जो भी हो। मैं तो मानता हूं कि पुलिस अपनी छानबीन से पता लगा ही लेगी।" भोलाराम बोला।

"कहां की पुलिस?" रामलुभाया ने पूछा, "हम भी तो पुलिस हैं।..."

"वे आतंकवादी जहां के रहने वाले हैं–वहां की पुलिस।"

"वे किसी और प्रदेश के रहने वाले होंगे। ऐसे काम तो दूसरे प्रदेश से आयातित लोग ही करते हैं।" रामलुभाया बोला, "उस प्रदेश में किसी और राजनीतिक दल का शासन होगा। वहां की पुलिस क्यों छानबीन करेगी? वे हमारी सहायता क्यों करेंगे? वे कह देंगे कि इन आतंकवादियों का अब तक कोई आपराधिक रिकार्ड नहीं है।"

"पर हर अपराधी पहली बार भी तो अपराध करता है। रिकार्ड बनाने के बाद ही अपराध नहीं करता। रिकार्ड से पहले भी अपराध करता है। अपराध करता है, तभी तो रिकार्ड बनता है। हो सकता है कि ये पहली बार ही निकले हों हत्याएं करने-मेरा तात्पर्य है रिकार्ड बनाने।"

"तो?"

"पहले हम उनसे पूछते हैं कि वे किस प्रदेश के रहने वाले हैं।" रामलुभाया ने प्रस्ताव रखा, "यदि वे हमारे प्रदेश के हुए, या किसी ऐसे प्रदेश के हुए जहां का शासन, उसी दल के हाथ में है, जिस दल का शासन हमारे राज्य में है, तो ठीक, नहीं तो हम कोई एक्शन नहीं लेंगे।"

“तो क्या हम जानते बूझते हुए भी आतंकवादियों को जाने दें? वे जाएं और मनमानी हत्याएं कर आएं।”

“हमारे पास दो ही मार्ग हैं।” रामलुभाया ने कहा, “या तो हम उन्हें जाने दें, या फिर उन्हें अवसर दें कि वे हमें गोली मार दें और कल के समाचारपत्रों में हमारा नाम शहीदों के रूप में छपवाने का प्रबन्ध कर दें।”

“यह क्या है रामलुभाया?”

“इसे हमारे यहां राजनीति कहते हैं।”

“पर इससे तो देश नष्ट हो जाएगा।”

“राजनीति का लक्ष्य ही वही है मेरे प्यारे भाई। देश ही नष्ट नहीं किया तो राजनीति क्या हुई।”

(21.6.2004)

भेजो

''हुज़ूर! ख़बर आई है कि हमारे लोगों ने भारतीय कश्मीर में पच्चीस हिंदू तो मार ही दिए हैं। ज़्यादा हों तो भी कुछ कहा नहीं जा सकता। उन्होंने दो-दो साल के बच्चे भी मार गिराए हैं।''

मुशर्रफ ने सिर उठा कर समाचारवाहक की ओर देखा। उसकी आंखों में प्रशंसा और चेहरे पर मुस्कान थी। कुछ देर तक अपनी सफलता के हर्षातिरेक से उसके मुंह से एक शब्द भी नहीं निकला और फिर जैसे उसे दीवानगी का दौरा पड़ गया, ''भेजो भाई! भेजो। जल्दी भेजो। ऐसी खबर लेकर आए हो और यहां ऐसे खड़े हो, जैसे एक मामूली फाइल लाए हो।''

''क्या भेजें सरकार? लड्डुओं के लिए कहूं या फिर इस वक्त भी व्हिस्की का ही दौर चलेगा?''

''गधे हो।'' मुशर्रफ ने चिल्ला कर कहा, ''भेजो! सबसे पहले तो उस अटलबिहारी वाजपेयी को हमदर्दी का एक पैगाम भेजो। लिखो कि यह बेहद कायराना हरकत है। ऐसा करने वालों को शर्म से डूब मरना चाहिए। हमें इस दरिंदगी पर बेहद गमोगुस्सा है। ऐसी हरकत करने वालों को पकड़ कर सख्त से सख्त सज़ा दी जानी चाहिए।''

''हुज़ूर हम अपने ही लोगों के बारे में ऐसी बातें कैसे कह सकते हैं?''

''कहने में क्या हर्ज है। दिल्ली से भी तो यही सब कहा जाएगा। हम उनसे आगे रहना चाहते हैं। इसलिए उनसे पहले कह देते हैं।'' मुशर्रफ ने कहा, ''और अपने जांबाज़ों को शाबाशी भेजो। कमाल है उनकी बहादुरी का। दो-दो साल के बच्चों को मारने में भी उनका कलेजा नहीं कांपा। उन्हें हथियार और गोलाबारूद भेजो। रुपया भेजो। शराब भेजो। कहो, कि हम उनसे बेहद खुश हैं। जिस दिन वे छह महीनों के बच्चों को गोलियों

से भून देंगे, उस दिन हम उनको निशाने पाकिस्तान देंगे।"

"हुज़ूर! भारत वाले कह रहे हैं कि हमने आतंक खत्म करने के लिए कुछ नहीं किया।"

"तो उन्होंने ही क्या किया है?" मुशर्रफ तड़प कर बोला, "सिवाय निन्दा करने के, और क्या किया है उन्होंने? वह हमने भी कर दी। करते रहें शब्दों की बमबारी। कायर कहीं के।"

"हुज़ूर! पर हमने वादा किया था कि हम दहशतगर्दी को खत्म करेंगे।"

"उन्होंने भी तो कहा था कि आर-पार की लड़ाई लड़ेंगे।" मुशर्रफ बोला, "निभाया उन्होंने अपना वादा? की लड़ाई? उन्होंने कहा था वे आतंकवाद को जड़ से खत्म कर देंगे, पर किया क्या?"

"क्या किया हुज़ूर?"

"आतंकवाद की जड़ को कश्मीर का वज़ीरेआला बना कर गद्दी पर बैठा दिया।" मुशर्रफ हंसा, "उन्होंने आतंकवाद को एक नए सिरे से कश्मीर में दावत दी है। अब उस दावत का मज़ा चखें।"

"और क्या भेजूं हुज़ूर?"

"अमरीका को पैगाम भेजो।" मुशर्रफ बोला।

"क्या सरकार?"

"पाकिस्तान को बदनाम करने के लिए भारत की फौजें अपने ही लोगों को मार रही हैं और हम पर हमला करने का बहाना खोज रही हैं।" मुशर्रफ बोला, "बुश से कहो कि हमें हथियार दे, ताकि हम भारत के हमले का सामना कर सकें।"

"सरकार अगर अमरीका ने हमसे इस बात का सबूत मांगा तो "

"सबूत तो है न! "मुशर्रफ ने कहा, "जिस वक्त उन पंडितों को मारा गया, उस वक्त उनकी हिफाज़त के लिए वहां न पुलिस थी, न फौज। भारत सरकार ने जानबूझ कर वहां से अपनी पुलिस हटा ली थी। वे चाहते तो उनकी पुलिस उनके उन फौजियों को रोक सकती थी, जिन्होंने यह कत्लेआम किया है।"

"सरकार! ऐसी बात का यकीन कौन करेगा?"

"अमरीका।" मुशर्रफ ने पूर्ण आश्वस्त भाव से कहा, "वह आज तक हमारी सारी बकवास का यकीन करता आया है। इसका भी करेगा।"

"मुझे तो ऐसा कोई वाक्या याद नहीं पड़ता।"

"तुम्हारी याददाश्त कमज़ोर है।" मुशर्रफ हंसा, "तुम्हें याद नहीं है कि अफगानिस्तान में हमारी फौज तालिबान के साथ कंधे से कंधा मिला कर लड़ रही थी और अमरीका यकीन कर रहा था कि हम उसके साथ हैं।..."

"यह तो आपने बेजा फरमाया।"

"और जब तालिबान हथियार डाल रहे थे, हमने अमरीकी कमांडरों से पूछ कर उनकी मदद से अपने फौजियों को हवाई जहाज़ों में बैठा कर बाहर निकाल लिया।...और अमरीका यकीन करता रहा कि न वहां हमारे हवाई जहाज़ गए, न हमारे सिपाही वहां से निकाले गए।"

"पर अमरीका ऐसी बातों का यकीन कैसे कर लेता है हुज़ूर?"

"उसके खून में भारतमुखालिफ जरासीम घुल गए हैं। वह भारत के खिलाफ पाकिस्तान की हर बात का यकीन करेगा और भारत की पाकिस्तान के खिलाफ किसी बात का यकीन नहीं करेगा।"

"यह तो अजब बात है।"

"अजब हो या गजब।" मुशर्रफ बोला, "अमरीका को गुहार भेजो। उनसे हवाई जहाज़ मांगो। तोपखाना मांगो। कहो कि भारत हम पर हमला करने वाला है।"

"अच्छा हुज़ूर। आपके हुक्म की तामील की जाएगी।"

चोरी

"मेरा सोने का कड़ा कहां गया?" रामदेई की बहू ने पूछा।

"मायके छोड़ आई होगी तुम।" रामदेई ने लापरवाही से उत्तर दिया और अपने काम में लग गई। बहू की तो यह आदत ही बन गई थी; हर दूसरे चौथे दिन कोई न कोई चीज़ ग़ायब कर देती थी; और रामदेई से ऐसे पूछती थी, जैसे उसी ने चुरा ली हो।

"मायके छोड़ कर नहीं आई हूं। अल्मारी में रखा था।" बहू ने तड़प कर कहा।

रामदेई अपना काम छोड़ कर उठ खड़ी हुई, "सच बहू! चल देखूं, कहां रखा था। छोटी-मोटी चीज़ नहीं है। तीस हज़ार का कड़ा है।"

"जानती हूं कि तीस हज़ार का है। तभी तो उठा कर अपनी बेटी को दे दिया।" बहू का स्वर बहुत कठोर हो गया था, "बेटी पर बहुत प्यार आता है तो अपने बदन से उतार कर गहने दिया करो। मेरे गहने उठा-उठा कर क्यों दे देती हो?"

"मैंने तुझे कहा न! कि मैंने नहीं दिया है तेरा कड़ा। मैंने तो देखा भी नहीं है।"

"तो कहां गया?" बहू ने थानेदार के समान पूछा।

"मैं क्या जानूं।" रामदेई बोली, "तू ने ही कहीं रख दिया होगा। मैं तेरी अल्मारी में ढूंढ़ती हूं।"

"तुम तो माफ ही करो।" बहू ने कहा, "वह कड़ा तो मिलेगा नहीं कुछ और गंवा बैठूंगी।"

"तू मुझ पर चोरी का लांछन लगा रही है।" रामदेई के स्वर में पीड़ा थी।

"लो और सुनो।" बहू का स्वर और ऊंचा हो गया, "रोज़ चोरी करती

हो, और अब कहती हो कि मैं तुम पर चोरी का लांछन लगा रही हूं। लांछन नहीं लगा रही हूं, आरोप लगा रही हूं।''

''अपनी सास पर ऐसा आरोप लगाने से पहले एक बार अच्छी तरह अपनी अल्मारी तो देख ले, कहीं वहीं न धरा हो।'' रामदेई ने उसे समझाया, ''यह कोई अच्छी बात तो है नहीं कि बिना किसी तर्क और प्रमाण के मैं तुम्हें चोर कहूं और तुम मुझे चोर कहो।''

''अच्छी हो या बुरी। चोर को चोर ही कहा जाएगा।'' बहू अपने स्थान पर अडिग खड़ी थी, ''और तुम मुझे चोर कहोगी? कह कर तो देखो।''

''तुझे अपने पति की मां के सम्मान का तनिक भी ध्यान नहीं है।''

''पति की मां क्या होती है। चोर तो चोर है।'' बहू ने कहा।

''घर के सम्मान की भी तुझे कोई चिंता नहीं है?''

''यह घर मेरा है ही कहां।'' बहू बोली, ''तुम यहां से निकलो तो मेरा हो। तब कर लूंगी इसके सम्मान की चिंता।''

''अच्छा मेरा सम्मान न सही, घर का भी सम्मान न सही, पर अपने कड़े की तो चिंता कर। मैं कहती हूं, मैंने नहीं लिया है। चल मिल कर ढूंढ़ते हैं।''

''मुझे तुम्हारे साथ मिलकर कोई काम नहीं करना है।'' बहू बोली, ''कड़ा मिले या न मिले।''

''अच्छा मेरे साथ मिल कर मत कर।'' रामदेई ने कहा, ''पुलिस में रपट लिखवा दे। वे खोजेंगे, तो घर की चीज़ तो मिलेगी।''

''मुझे नहीं लिखवानी कोई रपट-शपट।'' बहू ने कहा।

''मत लिखवा।'' रामदेई बोली, ''मैं ही लिखवा देती हूं।''

''तुम लिखवाओगी तो मैं मुकर जाऊंगी कि मेरे पास कोई ऐसा कड़ा था भी।''

''तो जा मर! जो मन में आए कर।'' रामदेई ने कहा।

बहू मटक कर चल दी।

× × ×

शाम को नौकर ने अपने एक मित्र को वह कड़ा दिखाया।

''तू पकड़ा नहीं जाएगा?'' मित्र ने पूछा।

"पकड़ा तो तब जाऊंगा, जब बहू का ध्यान कड़े की ओर होगा।"

"उसका ध्यान अपने कड़े की ओर नहीं है। तुमने ही कहा था कि उसका मूल्य लगभग तीस हज़ार रुपए है।"

"उसे न कड़ा चाहिए, न अपने परिवार का सम्मान। उसे तो बस किसी प्रकार सास से घर की चाबियां छीननी हैं, जैसे भी मिलें। घर लुटा कर मिलें या घर जला कर।"

"नहीं! कोई इतना मूर्ख नहीं होता। अपने घर की चिंता तो सबको होती है।"

नौकर हंसा, "समाचारपत्र नहीं पढ़ता, तो टी.वी. तो देखता होगा। देखता नहीं! इतने बड़े-बड़े नेता सास से चाबियां छीनने के लिए किस प्रकार गंदे और छिछोरे जोड़-तोड़ में लगे हैं। देश की चिंता है उनको?"

दो

रामलुभाया ने नौकर की पेटी की तलाशी ली। उसमें से कड़ा तो नहीं मिला, किंतु कुछ दिन पहले गुम हुआ, रामलुभाया का ट्रांज़िस्टर मिल गया। नौकर को दो झापड़ मारे तो वह बक पड़ा। उसने घर से सोने का कड़ा उठाया था और सामने के बाज़ार में एक सुनार को पांच सौ रुपयों में बेच आया था।

रामलुभाया थाने जा पहुंचा।

सारा किस्सा सुन कर थानेदार के मन में नौकर के प्रति दया का पारावार उमड़ पड़ा। उसने रामलुभाया को ही डांटा। उसे शर्म नहीं आती कि एक छोटे से बच्चे पर ऐसा आरोप लगा रहा है। उसे बच्चे के चेहरे का भोलापन दिखाई नहीं देता। देवदूतों की सी पवित्रता है, वहां। उस पर एक बार चोर का ठप्पा लग गया तो उसका तो सारा जीवन ही नष्ट हो जाएगा।

"जीवन कैसे नष्ट हो जाएगा।" रामलुभाया ने कहा, "एक बार प्रमाणित हो जाए कि वह शातिर चोर है, तो कई राजनीतिक दल उसे चुनाव का टिकट ही नहीं देंगे, उसे चुनाव जिता भी देंगे।"

"अच्छा ऐसा भी कोई दल है?" थानेदार ने पूछा।

"कई हैं।"

"तो वे डाकुओं को ही जिताने पर क्यों लगे हुए हैं? उनका ध्यान पुलिस वालों की ओर क्यों नहीं जाता। हमने भी तो उत्तराखंड आंदोलन के दिनों में मुजफ्फरनगर के चौराहे पर अपनी योग्यता प्रमाणित की है। क्या हम उनकी शर्तों पर पूरे नहीं उतरते?"

रामलुभाया कुछ रुष्ट हुआ, "मैं आपको चुनाव का टिकट दिलाने नहीं आया हूं। मैं तो इस चोर को पकड़ कर लाया हूं। इसने हमारा सोने का कड़ा चुराया है।"

"पर यह तो छोटा सा बच्चा है।"

"होगा। आप इससे मेरा कड़ा वापस दिलवाइए।"

तीन

थानेदार को विश्वास ही नहीं हो रहा था कि वह बच्चा ऐसा कर सकता है। उसे उस पर इतनी दया आई कि उसने नौकर को अपने पास थाने में ही रोक लिया कि कहीं रामलुभाया उसे घर ले जाकर उसके साथ मारपीट न करे।

शाम को वह सुनार स्वयं ही रामलुभाया के घर आ गया, "सुना है कि आपका नौकर कह रहा है कि उसने आपका कड़ा चुरा कर मेरे पास बेचा है। पर मैंने ऐसा कोई कड़ा नहीं खरीदा है।"

"तो आपको यह सूचना कैसे हो गई?" रामलुभाया ने पूछा।

"मुझे तो थानेदार ने बताया कि आप अपने नौकर को चोरी के आरोप में फंसाना चाहते हैं; और साथ ही मुझे भी लपेट रहे हैं।" सुनार बोला।

"मैं तो इतना ही जानता हूं कि मेरे नौकर ने घर से तीस हज़ार रुपयों का सोने का कड़ा चुराया है और वह कहता है कि उसने वह आपके पास पांच सौ रुपए में बेच दिया है।"

"आपने उसे मार पीट कर उससे यह सब कहलवा लिया है।" सुनार बोला, "पर कोई बात नहीं। आपका नुक्सान हुआ है, तो आप किसी न किसी पर तो आरोप लगाएंगे ही न। लाहौर में बम फटता है तो पाकिस्तान

वाले भी तो भारत को लपेटते ही हैं न। मुझे आप पर भी दया आती है और उस बच्चे पर भी। आप यह रपट वापस ले लें, नहीं तो वह बच्चा बेचारा व्यर्थ ही पुलिस के हाथों पिटता रहेगा।''

''क्यों? मैं रपट वापस क्यों ले लूं?'' रामलुभाया कुछ नाराज हुआ, ''मेरे घर चोरी हुई है।...''

''ठीक है, तो हम आपको दस हज़ार रुपए दे देते हैं। अब हम उस बच्चे को पिटते तो नहीं देख सकते न।'' सुनार बोला।

''यदि आपने चोरी का वह कड़ा खरीदा ही नहीं है, तो आप मुझे ये दस हज़ार रुपए क्यों दे रहे हैं?'' रामलुभाया बोला।

''मुझे उस बच्चे पर दया आ रही है न, जिसे आपने झूठ-मूठ ही चोरी के आरोप में पुलिस के हवाले कर दिया है।'' सुनार ने कहा, ''हम और भी तो इतना दान करते हैं। यह भी सही। किसी ग़रीब का बच्चा पिटने से बच जाएगा। थानेदार भी यही चाहता है।''

''थानेदार ऐसा क्यों चाहता है?'' रामलुभाया ने पूछा।

''उस बच्चे को बचाने के लिए, हमने थानेदार को भी तो दस हज़ार दिए हैं न!'' सुनार ने बताया, ''अब आप हमसे ये दस हज़ार रुपए ले लीजिए और उस बच्चे को छोड़ दीजिए। नहीं तो थानेदार कह रहा था कि उसे इस चोरी का कोई सबूत नहीं मिलेगा। तब हम ये दस हज़ार रुपए भी आपको नहीं देंगे।''

रामलुभाया को सुनार की चिंता नहीं थी किंतु थानेदार की दया से उसे डर लगने लगा था। खेतों की खड़ी फसल पर, टिड्डी दल आ उतरा था; और किसान को फसल की चिंता नहीं थी। उसे टिड्डी दल पर दया आ रही थी। देश के कर्णधार बंगलादेश से अनवरत प्रवेश करते हुए, टिड्डी दल के प्रति प्यार जता रहे थे। सुनार के दस हज़ार में बहुत बल था।

चार

रामलुभाया क्रोध में उफनता हुआ थाने जा पहुंचा। वहां एक नया ही हंगामा चल रहा था।

एक ग़रीब सी लड़की बैठी रो रही थी। वह अपनी टांग की पीड़ा का उपचार कराने हस्पताल में डॉक्टर के पास गई थी। डॉक्टर ने जांच के बहाने उसके कपड़े उतरवा लिए थे और जब तक कि वह घबराई हुई संकोची लड़की कुछ समझ पाती, डॉक्टर ने उसकी इज्जत लूट ली थी। लड़की के चिल्लाने पर लोगों ने डॉक्टर को रंगे हाथों पकड़ लिया था और पुलिस के हवाले कर दिया था।

रामलुभाया ने देखा कि इस बार थानेदार की करुणा की धारा डॉक्टर की ओर प्रवाहित हो रही थी।

"क्यों उसकी ज़िंदगी बरबाद करने पर तुली हुई हो?" थानेदार लड़की को डांट रहा था, "जानती भी हो, उसकी नौकरी चली जाएगी। मेडिकल एसोसिएशन वाले भी इतने दुष्ट हैं कि तुरंत उसकी डिग्री भी छीन लेंगे। जेल अलग जाएगा। तुझे क्या मिलेगा, उसका जीवन नष्ट करके?"

"उसने भी तो मेरा जीवन नष्ट कर दिया है।" लड़की कुछ साहस कर बोली।

"चुप!" थानेदार ने उसे डांटा, "तेरी ज़िंदगी का मोल ही क्या है? सारी ज़िंदगी लोगों के घर झाड़ू पोछा कर, लाख रुपया भी नहीं कमा पाएगी। जानती भी है कि डॉक्टर की डिग्री कितनी महंगी होती है।"

"डॉक्टर की डिग्री बहुत महंगी होती है और बहुत श्रम के पश्चात् मिलती है।" रामलुभाया बोला, "पर आप यह क्यों नहीं सोचते कि वह डॉक्टर की डिग्री हो या ओलंपिक खेलों का स्वर्णपदक, क्या वह स्त्री के सम्मान से भी अधिक मूल्यवान है?"

"स्त्री का सम्मान क्या होता है जी!" थानेदार भड़क उठा, "बहुत देखीं, ऐसी सम्मान वाली मैंने। ऐसी ही एक औरत पहले भी मेरे पास आई थी अपनी इज्जत के लुट जाने की शिकायत लेकर। मैंने उसकी जांच क्या की कि मुझे भी छूत का रोग लगा गई। साली ने मुझे बताया भी नहीं कि उसे वह रोग भी था।"

"आपने भी तो उसे बताया नहीं होगा कि आपकी नीयत क्या थी।" रामलुभाया बोला।

"उसने मेरा तो विश्वास ही तोड़ दिया न। मेरी दृष्टि में तो नारी जाति की महानता ही नष्ट हो गई।"

"उसका भी तो पुलिस पर से भरोसा उठ गया होगा।" रामलुभाया बोला।

थानेदार ने उसकी बात की ओर ध्यान नहीं दिया। बोला, "अब यह इतनी सी लड़की है। इसे पता भी है कि इज्जत लुटना क्या होता है। मैं इसकी बात मान कर डॉक्टर पर मुकदमा बना दूं तो लोगों का लड़कियों की पवित्रता पर से भरोसा ही उठ जाएगा। मैं नारी जाति का ऐसा अपमान तो नहीं कर सकता न।"

"और डॉक्टर की इस करतूत से लोगों का डॉक्टरों पर से भरोसा उठ जाएगा, उसकी ओर आपका ध्यान नहीं जा रहा।" रामलुभाया बोला, "अपनी पुत्री की बात तो जाने दीजिए, आप अपनी पत्नी को भी किसी जांच के लिए इस डॉक्टर के पास भेजेंगे, जो इसकी मां की अवस्था की होगी?"

"तुम बहुत बकवास कर रहे हो जी। पुलिस वालों की मां बहन तक जा रहे हो। फिर मेरी पत्नी की उम्र की भी चर्चा कर रहे हो।" थानेदार बोला, "मुझे तुम पर बहुत क्रोध आ रहा है।...पर इस डॉक्टर पर तो मुझे बहुत दया आ रही है। हाय! कितना मासूम है बेचारा। इस मनहूस लड़की के कुंवारे शरीर ने इसे पागल बना दिया होगा और यह मूर्खता कर बैठा, पर अब तुम लोग मिल कर इस बेचारे डॉक्टर का जीवन नष्ट करने पर क्यों तुले हुए हो? भूल किससे नहीं होती। पर एक चांस तो सबको मिलता है न!"

"नारी की पवित्रता नष्ट हो जाए, तो उसे एक चांस कौन देता है? आप देंगे?" रामलुभाया ने उसे डांटा।

"हाय रे! इन लड़कियों पर कौन विश्वास करेगा अब?"थानेदार अपना ही रोना रोता जा रहा था, "तुम मिस्टर रामलुभाया! तुम इस लड़की का इतना पक्ष ले रहे हो। तुम मुझे बताओ कि इतना पैसा खर्च कर और इतना समय लगा कर, इतने कीमती डॉक्टर क्या इसलिए बनाए जाते हैं कि ऐसी राह चलती लड़कियां उन्हें बरबाद कर दें?"

रामलुभाया का भी तेज जागा, "तुम बताओ मिस्टर थानेदार! कि इतना रुपया खर्च कर और इतना समय लगा कर हमारा देश इतने महंगे डॉक्टर क्या इसलिए बनाता है कि इलाज के लिए आई लड़कियों का जीवन नष्ट

करता रहे? डॉक्टर देश को नीरोग करने के लिए हैं या उसे रुग्ण करने के लिए?"

"निर्दयी हो तुम सब! तुममें से किसी में रंच मात्र भी करुणा नहीं है।"

"तुममें ही इतनी करुणा क्यों है?" रामलुभाया ने पूछा।

"अरे नेता लोग अपराधियों पर करुणा न करें, तो उनके लिए दंगा कौन करेगा और हम डॉक्टरो के लिए करुणा न दिखाएं, तो हमारे लिए झूठी डॉक्टरी रपटें कौन लिखेगा? हमारी मजबूरी तो कोई समझता ही नहीं। एक छोकरी की इज्जत बहुत प्यारी है तुम लोगों को, थानेदार की तो कोई इज्जत ही नहीं है इस देश में।"

(23.5.1996)

चोरी की रपट

"रामलुभाया के घर चोरी हो गई।" पत्नी ने बताया।

सुनते ही मैं विचलित हो उठा, "अभी पिछले महीने ही तो उनके घर चोरी हो चुकी है। अब फिर?"

"तो क्या यह कोई नियम है कि जिसके घर में पिछले महीने चोरी हुई है, उसके घर इस महीने नहीं होगी।" मेरी पत्नी ने मुझे डपट दिया।

मैं समझ गया कि मेरी सहानुभूति को मेरी पत्नी ने विधान से जोड़ दिया है। विधान से जुड़ने के पश्चात् सहानुभूति के लिए कोई स्थान नहीं रह जाता।

"नहीं! मेरा अभिप्राय यह नहीं था।" मैंने अनजाने में ही सफाई देनी आरंभ कर दी, "मैं यह कहना चाहता था कि एक ही घर में चोर बार-बार तो नहीं आते। और भी तो घर हैं नगर में।"

"तुम तो ऐसे कह रहे हो, जैसे तुम जानते हो कि ये वे ही चोर हैं, जिन्होंने पिछली बार चोरी की थी।" पत्नी ने कहा, "क्या उन्हें यह बताना तुम्हारा काम है कि अगली बार वे किसके घर चोरी करें?"

पत्नी की इस पुलिसिया पड़ताल से मैं घबरा गया। कहीं इसकी भनक पुलिस या रामलुभाया को लग गई तो अगले ही क्षण मैं हवालात में पड़ा दिखाई दूंगा।

"नहीं...।" मैंने अपना वाक्य अधूरा छोड़ दिया।

"देखो, यदि चोरों को पिछली बार पर्याप्त माल नहीं मिला होगा, तो वे उसकी दूसरी किस्त वसूलने आए होंगे।" पत्नी ने निश्चित् स्वर में कहा, "और यदि उन्हें पिछली बार पूरा माल मिल गया होगा, तो इस बार उनसे

यह जानकारी प्राप्त करके कि रामलुभाया के घर काफी माल होता है, नए चोर आए होंगे।''

मैं पत्नी की दृढ़ता से डर गया, किंतु उससे यह पूछने का साहस नहीं कर सका कि वह यह सब कैसे जानती है? उसे अपराध विज्ञान का इतना ज्ञान कैसे है?

पर रामलुभाया के घर जाना आवश्यक था। पड़ोसी के घर बार-बार चोरी हो रही हो, और हम चोरी-चर्चा के लिए भी न जाएं, इससे बड़ी सामाजिक अभद्रता और क्या हो सकती है।

मैं रामलुभाया के घर पहुंचा।

''सुना तुम्हारे घर फिर चोरी हो गई।'' मैंने शोकपूर्ण मुद्रा बना कर कहा, ''लगता है, शेर के मुंह खून लग गया है।''

''होगा कुछ भी।'' उसने बड़ी उदासीन मुद्रा में कहा, जैसे उसे इससे कुछ भी लेना-देना न हो।

''घर में बहुत माल रखते हो क्या?'' बहुत देर से मन में घुमड़ रहा प्रश्न मेरी जिह्वा पर आ ही गया, ''या चोरों को कोई भ्रम हो गया है कि तुम बहुत मालदार आसामी हो।''

''नहीं! उन्हें मालूम हो गया है कि मैं ही इस मुहल्ले का सबसे दीन-हीन और असहाय व्यक्ति हूं।'' वह बोला, ''मैं उनका कुछ भी नहीं बिगाड़ सकता।''

''मैं समझा नहीं।''

उसने मुझे समझाने का कोई प्रयत्न नहीं किया।

''पुलिस में रपट लिखवाई?'' मैंने बात आगे चलाई।

''नहीं!''

''क्यों?''

''अरे अभी तो पिछली रपट को ही भुगत रहा हूं।''

''क्या मतलब?''

''पिछली चोरी हुई थी तो मैंने थाने में रपट लिखवाई थी।'' रामलुभाया ने कहा, ''पुलिस वालों को स्पष्ट बता दिया था कि मेरी दस एक हज़ार रुपयों की चीज़ें गई हैं। वे रपट लिख लें और हमें प्रथम सूचना रपट की प्रतिलिपि दे दें, ताकि हम बीमे वालों से उसकी भरपाई करवा सकें। मुझे

न तो पुलिस की छानबीन से कुछ लेना था और न ही चोर को पकड़वा कर उसे दंड दिलवाने में मेरी कोई रुचि थी...।"

"तो?"

"तो यह कि उन्होंने यह कह कर अभी तक मुझे रपट की प्रतिलिपि नहीं दी है कि अभी छानबीन चल रही है। छानबीन पूरी होने पर वे मुझे रपट की प्रतिलिपि देंगे। और...।"

रामलुभाया का मुंह ऐसा था, जैसे कच्ची नीम चबा गया हो।

"और?" मैंने पूछा।

"हर दूसरे दिन छानबीन के बहाने थाने से कोई आ जाता है–कभी सिपाही, कभी दो फीतिया सिपाही, कभी तीन फीतिया सिपाही, कभी ए. एस. आई. कभी सब इंस्पैक्टर...कोई न कोई आया ही रहता है।"

"तो इसमें क्या बुराई है?" मैंने कहा, "इसका अर्थ है कि पूरा का पूरा थाना तुम्हारे घर हुई चोरी में रुचि ले रहा है और वे शीघ्र ही चोर को पकड़ लेंगे। तुम्हें तो प्रसन्न होना चाहिए।"

"प्रसन्न ही हूं।" वह रुआंसी हंसी हंसा, "कि थाने वालों के लिए मेरा घर सड़क किनारे का ढाबा हो गया है। जिसको चाय की तलब उठती है या कुछ खाने का मन होता है, वह मेरे घर की घंटी दबा देता है। आता है, बैठता है, पानी पीता है, चाय पीता है, साथ में कुछ चना चबेना भी टूंगता है। मिठाई हो तो अधिक प्रसन्न होता है। और फिर यह तसल्ली देकर कि चोर शीघ्र पकड़ा जाएगा, चला जाता है।"

मैं कुछ अवाक् था और कुछ रुद्धवाक्य! कुछ भी कह नहीं सका।

"अब ऐसे में मैं दूसरी चोरी की रपट लिखवा दूं तो मेरी पत्नी तो दिन भर पुलिस वालों के आतिथ्य में ही लगी रहेगी। दिन भर गैस पर चाय ही चढ़ी रहेगी।"

"हूं!" मैंने गंभीर स्वर में कहा, "रामलुभाया! अब यह चुनाव तो तुम्हें ही करना है कि दूसरी चोरी की रपट लिखवा कर पुलिस वालों के चाय पानी का प्रबन्ध करते रहो, अथवा रपट न लिखवा कर अपने घर तीसरी चोरी करवा लो।"

"तीसरी चोरी?" वह चौंका।

"तुम दूसरी चोरी की रपट नहीं लिखवाओगे, तो पुलिस को भी पता

चल जाएगा और उनके माध्यम से चोरों को भी कि तुम्हारे यहां चोरी करना बहुत सुरक्षित काम है। तुम उसकी रपट तक नहीं लिखवाते हो। उस चोरी में न तो पुलिस को ही कोई काम करना पड़ेगा, न चोर को ही पकड़े जाने का भय होगा।"

रामलुभाया ने मेरी ओर ध्यान से देखा और फिर या तो माथे पर अपना हाथ दे मारा या फिर हाथ पर माथा पटक दिया।

(25.11.2002)

डंडा किसका है?

"होटल चार मीनार यही है भाई?" रामलुभाया ने पूछा।

क्लर्क ने उसे घूर कर देखा, "चार मीनार सिगरेट का ब्रांड है, होटल नहीं है। वैसे हो सकता है कि हम कभी उसका होटल ही बना डालें। अभी तक तो किसी ने बनाया नहीं है। जहां तुम खड़े हो, यह होटल चार चिनार है। श्रीनगर का आलीशान होटल—चार चिनार।"

"ओह मेरी जीभ जरा लड़खड़ा गई थी।"रामलुभाया ने स्वीकार किया।

क्लर्क भी मुस्कुराया, "हमारे सामने बड़े-बड़ों की टांगें लड़खड़ा जाती हैं। तुम्हारी तो जबान ही लड़खड़ाई है।"

रामलुभाया हंस पड़ा, "अच्छी बातें कर लेते हो। हां! होटल चार मीनार होगा, तो हैदराबाद में होगा। कैसी राष्ट्रीय एकता है। उत्तर में होटल चार चिनार और दक्षिण में होटल चार मीनार। खैर मैं तो होटल चार चिनार ही खोज रहा था। तो यही है? धरती के स्वर्ग कश्मीर की राजधानी श्रीनगर का चार चिनार होटल।"

क्लर्क कुछ स्वगत कथन की मुद्रा में था। बोला, "हां यही धरती का स्वर्ग है, क्योंकि यहां के सारे सौंदर्य को तो स्वर्ग भेज दिया गया है। वैसे भी यहां धरती पर लोग कम हैं, ज़्यादा तो स्वर्ग में ही पहुंच गए हैं।"

"क्या ?" रामलुभाया कुछ समझ नहीं पाया।

"कुछ खास नहीं। क्लर्क बोला, "मैं कह रहा था कि होटल चार चिनार है तो यही, पर तुम तो ऐसे खोज रहे हो, जैसे चार चिनार तुम्हारा कोई खोया हुआ बच्चा हो। वैसे तो मुझे तुम भी किसी खोई हुई गाय के समान लग रहे हो।"

पास खड़ा बैरा भी चुप नहीं रहा, "नहीं! यह खोई हुई गाय नहीं

है। नहीं तो सरकार ने इसे अब तक अलकबीर के हाथों बेच दिया होता।''

''क्या?'' रामलुभाया हकलाया।

''कुछ नहीं।'' क्लर्क बोला, ''तुम सवाल बहुत करते हो। तुम बताओ कि तुम क्यों खोज रहे थे होटल चार चिनार?''

रामलुभाया को लग रहा था कि क्लर्क और बैरा दोनों ही उससे अशिष्ट ढंग से बात कर रहे हैं, पर उसने उलझना ठीक नहीं समझा। पूछा, ''कोई कमरा खाली है?''

''सब खाली ही हैं।'' क्लर्क ने कहा, ''अब यहां आता ही कौन है। तुम न जाने कहां से आ गए खबीस।''

''मैं खबीस नहीं हूं। मैं कहता हूं, मैं रामलुभाया हूं।'' रामलुभाया ने अपना परिचय दिया।

क्लर्क इस बार कुछ प्यार से बोला, ''उसकी तो तुम फिक्र ही मत करो। कहने को कोई कुछ भी कहे, क्या फर्क पड़ता है। सब कुछ न कुछ कहते ही रहते हैं, बस एक नरसिंह राव ही कुछ नहीं कहते। तुम यह बताओ कि क्या चाहिए तुम्हें?''

रामलुभाया राजनीति में नहीं पड़ना चाहता था। यह व्यक्ति नरसिंह राव का नाम ले रहा था, जाने किस राजनीतिक दल का था। उसने भी धीरे से कहा, ''ठहरने के लिए एक कमरा चाहिए।''

''कमरा ठहरने के लिए ही होता है। पोटली में बांध कर घर ले जाने के लिए तो होता नहीं।'' क्लर्क ने रजिस्टर खोल लिया, ''कहां से आए हो?''

रामलुभाया को उसके संवाद की शैली अच्छी नहीं लग रही थी, ''क्यों पूछ रहे हो?''

बैरे ने पुनः हस्तक्षेप किया, ''यह तो रजिस्टर में लिखने के लिए ही पूछ रहा है। अपहरण करने और गोली मारने के लिए पूछने वाले दूसरे लोग हैं।''

रामलुभाया ने उसकी ओर देखा, ''मैं समझा नहीं।''

उत्तर क्लर्क ने दिया, ''अभी समझा देता हूं।''

क्लर्क ने कोई संकेत किया और पीछे खड़े लोगों में से दो आगे बढ़ आए। अब तक उन्होंने अपना मुंह सिर लपेट लिया था।

''कहां से आया है बे तू?'' पहले ने पूछा।

रामलुभाया कुछ भयभीत हो गया, "क्यों? क्यों पूछ रहे हो तुम? कौन हो तुम लोग?"

दूसरा बोला, "हम कोई भी हों। तू बता, कहां से आया है। टाई तो ऐसे बांधी है, जैसे अंग्रेज़ का बाप हो। पर बड़ा सभ्य देश है यह इंग्लैंड भी। एक अंग्रेज़ को अगवा किया था। सालों ने एक पैसा भी नहीं दिया, उसे छुड़ाने के लिए। अपनी जेब से उसे खिलाना पड़ा, वह अलग।"

रामलुभाया ने टाई खोल कर जेब में डाल ली, "मैं अंग्रेज़ नहीं हूं। हां, अंग्रेज़ बनने की कोशिश अवश्य कर रहा था।"

पहला व्यक्ति हंसा, "क्यों कर रहा था कोशिश। जो है वही क्यों बना नहीं रहता?"

रामलुभाया को कोई उत्तर नहीं सूझा, "मालूम नहीं। सारा देश कर रहा है, इसलिए मैं भी कर रहा था।"

दूसरा व्यक्ति घृणा से बोला, "नकलची साले। अपनी अच्छी भली मां को छोड़ कर एक चालू औरत को मां बनाने पर तुले हुए हैं।"

रामलुभाया अब और सहन नहीं कर सका। बोला, "जुबान संभाल कर। गाली मत दो, नहीं तो...।"

पहला व्यक्ति कुछ और आगे बढ़ आया, "देंगे तो क्या कर लेगा? क्या पिद्दी और क्या पिद्दी का शोरबा। तुझे तो अगवा करने का भी कोई फायदा नहीं। कोई एक धेला नहीं देगा तेरा। और खाता होगा तू थाली भर। तुझसे छुटकारा पाने के लिए अपनी एक गोली भी बरबाद करनी पड़ेगी।"

रामलुभाया मुड़ कर क्लर्क के पास चला आया, "ये लोग मुझे डराने का प्रयत्न कर रहे हैं। देख लूंगा मैं इन सबको। पहले अपने ठहरने की व्यवस्था कर लूं। कमरा न मिला तो कठिनाई होगी। कहते हैं, श्रीनगर में रात को बहुत ठंड होती है। आप सड़क पर सो भी नहीं सकते।...दे भाई मुझे एक कमरा दे।"

क्लर्क ने उसे ध्यान से देखा, "अब भी तुम्हें कमरा चाहिए? ठहरोगे श्रीनगर में?"

रामलुभाया ने आत्मबल बटोरा और कहा, "ठहरूंगा क्यों नहीं? मैं किसी से डरता हूं क्या? इन दो टुच्चों के धमकाने से यहां से चला जाऊंगा?

मैं अपने देश में कहीं भी आने-जाने और ठहरने का संवैधानिक अधिकार नहीं छोड़ सकता।"

क्लर्क ने बैरे को संकेत किया, "कमरा नंबर शून्य शून्य शून्य।"

बैरे ने रामलुभाया का सामान उठा लिया।

रामलुभाया संतुष्ट नहीं था, "यह कमरे का नंबर कैसा है।"

"कंप्यूटर में तो ऐसा ही नंबर होता है।" क्लर्क बोला, "उस कमरे में ठहर कर, तुम शून्य नहीं हो जाओगे, क्योंकि तुम तो किसी से डरते ही नहीं? पर सारे पंडित तो डर कर चले गए। एक तुम ही नहीं डरते। क्यों?"

रामलुभाया बोला, "मैं डरपोक नहीं हूं। मैं नहीं डरता किसी से।"

क्लर्क मुस्कुराया, "क्यों नहीं डरते तुम किसी से—तुम अमरीका की धौंस हो? पाकिस्तान की निर्लज्जता हो? या भारत का भ्रष्टाचार हो?" उसने अपनी मुद्रा बदली, "अच्छा है मत डरो। इस होटल में हम डराने के पैसे नहीं लेते। अब बताओ कि कहां से आए हो?"

इस बार रामलुभाया ने सीधे-सीधे बता दिया, "दिल्ली से आया हूं।"

क्लर्क फिर मुस्कुराया, "मुझे पहले ही समझ जाना चाहिए था, भारत से आए हो। वहां के ही लोगों को बीमारी है, ग़लत फहमियों में जीने की।"

रामलुभाया ने फिर कुछ साहस किया, "भारत से आया हूं। तुम तो ऐसे कह रहे हो, जैसे किसी दूसरे देश से आया हूं। जैसे यह भारत न हो।"

क्लर्क ने बहुत आश्वस्त स्वर में कहा, "हां! यह भारत नहीं है।"

रामलुभाया ने उपहास के स्वर में कहा, "क्या है यह? अमरीका है? योरोप है? पाकिस्तान है? मैं भूल से कहीं और आ गया हूं क्या?"

"नहीं। यह योरोप, अमरीका नहीं है। पाकिस्तान भी नहीं है। यह कश्मीर है।" क्लर्क ने कहा, "अब यह तुम जानो कि भूल से आए हो या जान बूझ कर मरने के लिए आ गए हो। प्रधान मंत्री तक तो तुम्हारे आते नहीं इस मुल्क में—अपनी जान के डर से।..."

रामलुभाया कुछ-कुछ क्रुद्ध हो चला था, "कश्मीर भारत में नहीं है? हमारे प्रधान मंत्री यहां के प्रधान मंत्री नहीं हैं?"

"नहीं। कश्मीर, कश्मीर है। वह भारत कैसे हो सकता है? एक आजाद मुल्क दूसरे मुल्क में कैसे हो सकता है?" क्लर्क ने कुछ ऐसे कहा, जैसे छोटी कक्षा के बच्चों को भूगोल पढ़ा रहा हो।

रामलुभाया ने जिरह की, "कश्मीर भारत से पृथक् क्यों है? वह आजाद मुल्क कैसे है?"

क्लर्क के पास रामलुभाया के प्रत्येक प्रश्न का उत्तर था, "क्योंकि पाकिस्तान ऐसा कहता है। अमरीका ऐसा चाहता है।...और भारत के शासकों में इसे अपना मुल्क बनाने की न हिम्मत है, न उनकी ऐसी नियत है।"

रामलुभाया ने उसे चेताया, "यहां बैठकर खुलेआम ऐसी बातें करते हुए तुम्हें डर नहीं लगता? देशद्रोही कहीं के।"

"किस बात का डर?" क्लर्क ने पूछा।

"सरकारी होटल में नौकरी कर रहे हो। तुम्हारी नौकरी जा सकती है। तुम्हें क़ैद हो सकती है।"

"कौन करेगा क़ैद मुझे? कौन छीनेगा मेरी नौकरी?" क्लर्क ने पूछा।

"सरकार।"

"कौन सी सरकार?" क्लर्क विद्रूप से हंसा, "तुम्हें कहीं दिखाई देती है? मुझे तो कहीं दिखाई नहीं देती। कहां है सरकार?"

"भारत सरकार।"

क्लर्क पुनः हंसा, "भारत की सरकार तो भारत में ही कुछ नहीं कर सकती। देखती है और मौन होकर बैठ जाती है, मौनी बाबा की सरकार। यहां तो उसको हक ही क्या है कि वह मेरी नौकरी छीने?"

"सरकार को हक नहीं है?"

क्लर्क बोला, "हां! हां! शासन को हक है, पर यहां भारत सरकार का शासन नहीं है।"

"भारत सरकार यहां अपना करोड़ों रुपया खर्च कर रही है। वह यूं ही? तुम्हें वेतन कौन देता है?" रामलुभाया ने पूछा।

"वह तो टैक्स है, जो हम भारत से वसूल कर रहे हैं, यहां तन्ख़्वाह वगैरह कोई नहीं लेता।" क्लर्क बोला।

रामलुभाया कठोर स्वर में बोला, "यहां भारत की पुलिस नहीं है? संविधान नहीं है? सेना नहीं है?"

"सब खड़े रहते हैं। अपने होने का पाखंड करते रहते हैं। उनको अधिकार तो कोई नहीं है।" क्लर्क बोला, "सेना के हाथ तो दिल्ली ने ही बांध रखे हैं।"

"तो फिर अपनी आंखें खोल। देख, वह झंडा किसका है।" रामलुभाया ने जोश में कहा।

क्लर्क ने झुक कर अपने काउंटर के नीचे से बंदूक निकाल ली, "झंडा किसी का भी हो। तुम अपनी आंखें खोल कर देखो कि डंडा किसका है।"

बंदूक देख कर रामलुभाया डर गया। पलट कर ऐसा भागा कि भागता ही चला गया।

दो

रामलुभाया, भागता-भागता भोलाराम से टकरा गया।

भोलाराम ने क्रुद्ध स्वर में पूछा, "अंधे हो?"

"नहीं। घबराया हुआ हूं।" रामलुभाया ने कहा।

भोलाराम कुछ नरम पड़ा, "क्यों भाई घबराए हुए क्यों हो? कुछ खो गया है?"

रामलुभाया रुआंसा हो गया, "मेरा तो सब कुछ खो गया है।"

"स्टेशन पर सारा सामान खो गया?" भोलाराम ने अनुमान लगाया।

रामलुभाया लगभग रो पड़ा, "मेरे तो सपने ही खो गए। विश्वासखो गया।"

भोलाराम को आश्चर्य हुआ। पूछा, "क्यों? प्रेमिका भाग गई क्या?"

"नहीं। मेरा देश खो गया है।"

भोलाराम खुल कर हंस पड़ा, "भले आदमी खोता देश नहीं, खोता तो व्यक्ति है, और तुम खोए नहीं हो।"

रामलुभाया अपनी बात पर टिका रहा, "नहीं। मेरा तो देश ही खो गया है।" सहसा उसने किसी विक्षिप्त के समान पूछा, "यह कौन सा स्थान है? मैं हूं कहां?"

"तुम दिल्ली में हो भाई!"भोलाराम ने बताया।

रामलुभाया ने स्वर दबा कर धीरे से पूछा, "दिल्ली अभी भारत में ही है न? स्वतंत्र तो नहीं हो गई? पृथक् देश तो नहीं बन गई?"

भोलाराम हंसा, "तुम पागल तो नहीं हो गए? दिल्ली भारत का दिल है। यह भारत की राजधानी है।"

रामलुभाया हंस नहीं पाया। आहत स्वर में बोला, "कश्मीर भी तो भारत का मस्तक है। मस्तक कट रहा है और किसी को कोई कष्ट नहीं हुआ तो हृदय का ही क्या है। नकली हृदय लगा लेंगे लोग, प्लास्टिक का। अमरीका वाले बना-बना कर देते जाएंगे, और यहां वाले लगाते जाएंगे। दिल अमरीकी हो जाएगा तो भारत की पीड़ा किसको होगी।"

"तुम सचमुच बहुत घबराए हुए हो।" भोलाराम ने कहा, "चिंता मत करो, यहां सब कुछ ठीक-ठाक है और आजकल हम लोग इस देश को महात्मा गांधी के सपनों का देश बनाने पर लगे हुए हैं।"

रामलुभाया की उत्सुकता जागी। पूछा, "वह कैसे?"

भोलाराम ने विस्तारपूर्वक बताया, "अब हमारी अपनी सरकार है। भारतीय लोगों की अपनी सरकार, जो केवल विदेशियों के हित में चलाई जा रही है। सरकार का नीति वाक्य है, सत्यमेव जयते। यहां सदा सत्य की विजय होती। झूठ तो बस चुनाव में ही चलता है, और देश को तो चुनाव ही चलाता है। अब क्या करें, चुनाव तो जीतना ही पड़ता है, नहीं तो लोग हमसे हमारा राज छीन लेंगे। अपने देश में अब कहीं झूठ नहीं है। बस झूठे ही झूठे हैं। और वे भी देश में कहां हैं, जो थोड़े बहुत हैं सरकार में ही हैं। हम ने झूठ और सत्य को पृथक् करने के लिए समाज और सरकार में विभाजित कर दिया है। सच-सच समाज में, झूठ-झूठ सरकार में।"

रामलुभाया कुछ आश्वस्त हुआ, "वर्गीकरण तो आपका बहुत अच्छा है।"

भोलाराम ने अपनी बाध्यता जताई, "सबका ध्यान रखन पड़ता है भाई। इसी को समन्वय की नीति कहते हैं। अनेकता में एकता। इतना भी ध्यान न रखें तो कल ही एक आंदोलन उठ खड़ा होगा कि झूठों के लिए एक अलग देश बना दो। हम देश का बटवारा तो नहीं कर सकते न। देश की अखंडता की रक्षा के लिए हमने झूठों, बेइमानों, चोरों, जमाखोरों, तस्करों और डाकुओं को भी थोड़ा-थोड़ा एकोमोडेट कर लिया है।"

रामलुभाया समझ नहीं पाया कि उसे भोलाराम का समर्थन करना चाहिए अथवा विरोध। बोला, "कमाल है, तुम्हारे लिए झूठे और सच्चे सब बराबर हैं? देश भक्तों और देशद्रोहियों में कोई अंतर ही नहीं है।"

भोलाराम ने उसे अपनी सैद्धांतिकता में घेरना चाहा, "नहीं! हम मनुष्य

की मूलभूत समानता में विश्वास करते हैं। संविधान में सबको समान अधिकार दिया गया है। कोई किसी का शोषण नहीं करता। बस सब मिल कर देश का ही सत्यानाश कर रहे हैं।" अंत में उसने हंस कर अपना निष्कर्ष दिया, "देश भक्तों के हाथ में सत्तार हो तो देश और देश के लोगों का कोई अहित हो ही कैसे सकता है। देखो, सरकार जनहित में अरबों-खरबों रुपया खर्च कर रही है। मंत्रियों को, सांसदों को, अफसरों को ठेकेदारों को...सब को मालामाल कर दिया है। संसार के किसी देश के मंत्री, सांसद और चोर इतने धनी नहीं हैं, जितने कि भारत के।..."

रामलुभाया ने उसे मुग्ध भाव से देखा, "तुम कौन हो भाई। तुमने तो मेरे जलते हृदय को ऐसा शीतल कर दिया है कि मन होता है, तुम्हारे चरण छू लूं।"

भोलाराम अपनी महानता सुन कर कुछ विनीत हो गया, "मैं भोलाराम हूं। मद्य निषेध निदेशालय में सहायक निदेशक हूं। मेरा काम गांधी जी का प्रिय करना है। हम लोग सरकारी पैसे से नशा विरोधी प्रचार-प्रसार करते हैं।"

रामलुभाया के लिए यह नई बात थी। पूछा, "वह कैसे?"

"देखो, कितने बड़े-बड़े पोस्टर छपवाए हैं।"

उसने अपने सहायक की सहायता से पोस्टर खोला। पोस्टरों पर महात्मा गांधी के चित्र और उनकी नशा विरोधी उक्तियां थीं।

"पर भोलाराम जी..."

भोलाराम कुछ रुष्ट हो गया, "मैं मिस्टर भोलाराम हूं। भोलाराम जी नहीं।"

रामलुभाया उसके रोष का कारण समझ नहीं पाया। बोला, "कृपया बताएं, दोनों में अंतर क्या है।"

भोलाराम स्पष्टीकरण के लिए तैयार नहीं हुआ, "अंतर कुछ हो या न हो, मुझे तो तुम मिस्टर भोलाराम ही कहो।"

रामलुभाया ने उसका अनुरोध स्वीकार कर लिया, "अच्छा मिस्टर भोलाराम! आप बताएंगे कि आपकी सरकार ने मद्य निषेध निदेशालय ही क्यों बनाया। निषेधालय बना दिया होता, तो मदिरा का उत्पादन तथा आयात दोनों ही बंद हो जाते।"

भोलाराम पुनः सहज हो गया, ''करने को तो वह भी किया जा सकता था, किंतु उसमें हिंसा का भय था। हमारी सरकार हिंसा विरोधिनी है।''

रामलुभाया ने अत्यंत निर्दोष भाव से पूछा, ''इसीलिए डाकुओं को सांसद और मंत्री बना दिया है?''

भोलाराम ने सरकार की असहायता जताई, ''जी। उनकी बात न मानें तो वे हिंसा करने लगते हैं न। हमें तो सबसे ही सहानुभूति है। देखिए हमारा तो फूलनदेवी से भी बहुत सौहार्दपूर्ण व्यवहार रहा है।''

''क्यों?''

''देखिए, सबको अपना-अपना नशा है। किसी को डकैती का नशा है, किसी को हत्याओं का। हमारी सरकार सब का पुनर्वास कर रही है। इसलिए नशा विरोधी निदेशालय बनाया है। अब इस देश में बहुत शीघ्र संपूर्ण नशाबंदी हो जाएगी, आप चिंता न करें।'' वह रुका, ''अच्छा! मैं अब चलूं, कुछ स्थानों पर बैनर लगवाने हैं। कुछ पोस्टर लगवाने हैं। ऐसा न हो कि पोस्टर न लगें और लोग शराब पीते रहें। हम लोग नशाबंदी सप्ताह मना रहे हैं।''

रामलुभाया को पुनः आश्चर्य हुआ, ''बस एक सप्ताह की नशाबंदी?''

भोलाराम ने पुष्टि की, ''हां! इस सप्ताह महात्मा गांधी का जन्मदिन पड़ रहा है न।''

रामलुभाया स्तब्ध रह गया, ''इस सप्ताह? पर यह तो जनवरी का महीना है।...''

भोलाराम निर्विकार रह कर बोला, ''हां! अक्तूबर में मंत्री जी को उद्घाटन के लिए समय नहीं मिला था। घूमने के लिए विदेश चले गए थे। सोचा, गांधी जी का जन्मदिन तो हर साल आता रहेगा, पर विदेश भ्रमण का अवसर फिर मिले न मिले। जाने कब मंत्री पद छिन जाए।''

भोलाराम तथा उसका सहायक एक बड़ा सा बैनर खोल कर उसे लहराते हुए चले गए। रामलुभाया भी चल पड़ा।

सामने लोगों की एक लंबी पंक्ति थी। मारधाड़ मची हुई थी।

''क्या बात है, इतनी भीड़ क्यों है भाई?'' रामलुभाया ने पंक्ति के अंतिम छोर पर खड़े व्यक्ति से पूछा।

''कल छब्बीस जनवरी है न! कल छुट्टी रहेगी।'' उस व्यक्ति ने बताया।

"यहां क्या राष्ट्रीय झंडा बिक रहा है, जिसे लोग कल अपने घरों पर फहराएंगे?"

उस व्यक्ति ने कुछ रुष्ट दृष्टि से रामलुभाया को देखा, "यह अंग्रेज़ी शराब की दुकान है। कल जिसको शराब चाहिए होगी, वह कहां से लाएगा। सरकार कुछ सोचती तो है नहीं। बस छब्बीस जनवरी मनाने लगती है।"

रामलुभाया कुछ चकित हुआ, "यहां क्या अंग्रेज़ शराब बेच रहे हैं?"

वह व्यक्ति हंसा, "अरे नहीं! अंग्रेज़ों को यह देश छोड़े तो पचास साल होने को आए। अब तो ये सारे काम हम स्वयं ही कर लेते हैं। भारत अब बहुत सारे मामलों में स्वावलंबी हो चुका है न! यह तो सरकारी ठेका है। देशी सरकार द्वारा चलाया गया अंग्रेज़ी शराब का ठेका।"

रामलुभाया के सिर पर जैसे वज्र गिरा, "क्या सरकार शराब बेचती है?"

वह व्यक्ति हंसा, "बेचने को तो सरकार विष भी बेचती है।"

रामलुभाया ने अनुमान भिड़ाया, "डॉक्टरों को देती होगी, रोगियों के उपचार के लिए।"

"नहीं। जनता को देती है, ताकि जनता में कुछ गतिविधि बनी रहे।..." उस व्यक्ति ने बताया।

रामलुभाया का मन नहीं माना तो उसने पूछा, "कौन सा विष बेचती है सरकार?"

"तरह-तरह के विष बेचती है....स्वार्थ का विष, विभाजन का विष, आत्मविस्मृति का विष, आत्महीनता का विष। और विष क्या, अब तो वह स्वयं जनता को बेचने की तैयारी में है।"

रामलुभाया को विश्वास नहीं हुआ, "कैसी नासमझी की बातें कर रहे हो। जो सरकार मद्य निषेध के प्रचार के लिए करोड़ों रुपए खर्च कर रही है, लोगों का पुनर्वास कर रही है, वह जनता को विष कैसे देगी।"

पर वह व्यक्ति अपनी बात पर अड़ा रहा, "जाओ और स्वयं देख लो। जेब में पैसे हों तो खरीद कर एक बोतल पी भी लेना।"

रामलुभाया नाराज हो गया, "मेरे साथ ऐसी गंदी बातें मत करो; और न हमारी राष्ट्रीय सरकार के विषय में ऐसी बातें कहो। वे लोग न तो गांधी जी के सिद्धांतों के विरुद्ध जा सकते हैं, न अपने देशवासियों से ऐसी शत्रुता निभा सकते हैं।"

रामलुभाया लोगों के बीच में से घूम-घाम कर दुकान के स्वामी के पास जा पहुंचा। वहां मद्य विक्रेता के साथ तीन व्यक्ति और बैठे थे। एक राजनैतिक नेता था, दूसरा पुलिस अधिकारी, और तीसरा शहर का सबसे बड़ा गुंडा था।

रामलुभाया ने आव देखा न ताव। जाते ही बरस पड़ा, ''तुम यहां शराब बेच कर अपने ही देश के लोगों के शरीर और आत्मा का नाश कर रहे हो। कैसे भारतीय हो तुम।''

मद्य विक्रेता डरा नहीं। बोला, ''कौन है बे तू। आ गया कहां से। शहर के सबसे बड़े वाईन मर्चेंट से झगड़ा करने। तुझे पीनी है तो बात कर। नहीं पीनी तो जाकर महात्मा गांधी का जन्मदिन मना। यहां साला एक्साइज इंस्पैक्टर से लेकर मिनिस्टर तक तो मुंह खोलता नहीं; और यह आ गया कहीं का खुदाई फौजदार। क्यों नेता जी।''

नेताजी आश्वस्त थे, ''विरोधी दल का होगा। साले को इतना भी ध्यान नहीं कि पच्चीस जनवरी को तो पी लेने दे।''

रामलुभाया अब भी क्रोध में था, ''तुम यह नहीं कर सकते। गांधी जी के देश में तुम शराब नहीं बेच सकते।''

मद्य विक्रेता भी कुछ कम नहीं था, ''हमने देश बेच दिया; आत्मा और ईमान बेच दिए; शराब नहीं बेच सकते? कौन रोकेगा मुझे?''

रामलुभाया सहायता की अपेक्षा में बारी-बारी नेता, पुलिस अधिकारी और गुंडे की ओर देखता रहा।

''क्यों बॉस झटक दूं?'' गुंडे ने पूछा।

पुलिस अधिकारी ने शांत मन से कहा, ''क्या आवश्यकता है। बंद कर देते हैं साले को दंगा करने के आरोप में। जेब में स्मैक की पुड़िया डाल देंगे। गया साला कई साल को।''

नेता जी अधिक दयालु थे, ''क्यों इतना अत्याचार करते हो? पागलखाने में भेज देते हैं। आराम से रहेगा। बोलने की भी पूरी स्वतंत्रता रहेगी।''

रामलुभाया स्तब्ध खड़ा उनकी बातें सुन रहा था कि मद्य विक्रेता ने उसको घूरा, ''क्यों? बोलता क्यों नहीं, कौन रोकेगा मुझे?''

रामलुभाया का आत्मबल जागा, ''महात्मा गांधी रोकेंगे। सरकार रोकेगी। तुम्हें दिखाई नहीं पड़ता सारे देश पर महात्मा गांधी की पार्टी का झंडा फहरा रहा है।''

मद्य विक्रेता मुस्कुराया, "झंडा तो महात्मा गांधी का ही है, पर उसका हमको करना ही क्या है। तुम जरा आंखें खोल कर देखो कि डंडा किसका है।"

उसने मेज की दराज खोल कर नोटों की गड्डियां निकालीं और नेता, पुलिस अधिकारी तथा गुंडे की ओर इस प्रकार उछाल दीं, जैसे कोई कुत्ते की ओर रोटी का टुकड़ा उछालता है। उन तीनों ने नोटों की गड्डियां लपक लीं ओर कुत्ते के समान पूंछ हिला-हिलाकर मद्य विक्रेता की ओर देखने लगे।

तीन

रामलुभाया उदास मन से चल पड़ा। यहां न रुकने का लाभ था, न ही किसी को कुछ समझाने का। चलते-चलते जब थक गया तो सड़क किनारे एक पेड़ के नीचे बैठ गया।

उसने देखा कि चार कहार एक डोली उठा कर भोलाराम के घर लाए। घर के कपाट खुले और डोली के भीतर जाने के लिए मार्ग बन गया। कहार डोली उठाकर भीतर ले गए थे। डोली के भीतर जाते ही कपाट बंद हो गए और दीवार के पीछे से एक नारी कंठ का भयंकर रुदन फूट पड़ा। रामलुभाया स्वयं को रोक नहीं पाया। उसने भिड़े कपाट धकेले और घर के भीतर चला गया।

भोलाराम की पत्नी बुक्का फाड़ कर रो रही थी। उसके पास और कोई नहीं था। रामलुभाया ने उसके निकट पहुंच कर धीरे से पुकारा। उसे कोई उत्तर नहीं मिला। वह उसी प्रकार रोती रही। रामलुभाया ने उसका कंधा पकड़ कर झकझोरा, "भाभी क्या हुआ है तुम्हें?"

वह बिना कोई उत्तर दिए, उसी प्रकार रोती रही।

रामलुभाया व्याकुल हो उठा, "अरे कुछ तो बताओ। मैंने तो अभी अभी इस घर में एक डोली आती देखी है। अभी थोड़ी देर पहले किसकी डोली आई है? अरे किसका विवाह हुआ है इस घर में?...और तुम हो कि धाड़ें मार कर रोए जा रही हो।"

भोलाराम की पत्नी ने रोना हल्का किया। चेहरे पर से हाथ हटाए और बोली, "डोली नहीं आई है। मेरी अर्थी आई है।"

रामलुभाया आश्चर्य से उसे देखता रह गया। बोला कुछ नहीं।

"अर्थी आई है मेरी। वे मेरी सौत लाए हैं। उन्होंने दूसरा विवाह कर लिया है।" वह बोली।

"किसने? भोलाराम ने?" रामलुभाया ने चकित होकर पूछा।

"हां। विवाह कर लिया है और उस नासपीटी को घर ले आए हैं। जी में आता है कि उसका झोंटा पकड़ कर उसे आग में झोंक दूं।"

रामलुभाया के मुख से फूटा, "नहीं। ऐसा संभव नहीं है।"

"संभव होने में अब कौन सी कसर रह गई है लाला। जाओ। अंदर जाकर देखो। बैठी तो है टांगें पसारे।"

तभी भीतर से भोलाराम निकल आया।

"क्या बकवास लगा रखी है?"

उसकी पत्नी ने फिर से रोना आरंभ कर दिया, "अरे मेरे बच्चे गली-गली भीख मांगेंगे। मेरा तो सब कुछ लूट लिया मेरे इस भतार ने।"

रामलुभाया धीरे से बोला, "भाभी क्या कह रही है?"

भोलाराम निश्चिंत भाव से बोला, "अपने भाग्य को कोस रही है जनमजली, और क्या कह रही है।"

"तुमने दूसरा विवाह कर लिया है?" रामलुभाया को अब भी विश्वास नहीं हो रहा था।

"हां! कर लिया है तो?" भोलाराम बोला।

"भोलाराम!"

"अरे तो इसमें इतनी हाय तौबा मचाने की क्या बात है? दुनिया में आज तक और किसी ने दूसरा विवाह नहीं किया क्या?" भोलाराम कुछ आक्रामक मुद्रा में बोला।

"तो यह बेचारी क्या करेगी?" रामलुभाया ने पूछा।

"इसे बता दिया है कि क्या करेगी। इस घर में रहना है तो दुल्हनिया के चरण दबाए, उसकी सेवा टहल करे, उसकी जूठन खाए, उसकी उतरन पहने।"

"और यदि ऐसा न करे तो?" रामलुभाया ने पूछा।

भोलाराम रुष्ट होकर बोला, "तो दफा हो जाए इस घर से और जहां चाहे अपना मुंह काला करे।"

उसकी पत्नी धाड़ मार कर रो पड़ी, "देख लिया उस जादूगरनी का जादू।"

भोलाराम ने उसे डांटा, ''चुप कर हरामजादी! घर में डोली आई है और यह अपने बाप का मातम कर रही है तब से।''

रामलुभाया चकित था कि कोई व्यक्ति इतना भी निर्लज्ज हो सकता है। बोला, ''कुछ तो लाज शरम करो। यह तुम्हारी पत्नी है।''

भोलाराम ने उसे भी डांट दिया, ''पत्नी है तो, पत्नी के समान रहे। मेरे सुख में अपना सुख माने। जो कहता हूं, वह करे।''

''तो फिर सुनो भोलाराम!''रामलुभाया को भी क्रोध आ गया, ''दुनिया में तुम्हारे बाप का राज नहीं है कि जो कुछ तुम चाहो, वही होगा।''

''तो तुम्हारे बाप का राज है क्या?'' भोलाराम ने पूछा।

''तुम्हारा परिवार इस विवाह को कभी स्वीकार नहीं करेगा।'' रामलुभाया ने कहा।

''न करे।'' भोलाराम बोला, ''क्या कर लेगा कोई मेरा। किसी के बाप का दिया खाता हूं कि परिवार से पूछने जाऊं, उसकी धौंस सहूं। जो थोड़ा बहुत, हर महीने उनको देता हूं न, वह भी बंद कर दूंगा।''

''समाज इसे स्वीकार नहीं करेगा।'' रामलुभाया ने धमकाया।

''तो समाज से स्वीकृति मांग ही कौन रहा है?'' भोलाराम बोला, ''हुक्का बंद कर देगा समाज! कर दे। मैं हुक्का पीता ही नहीं। बाज़ार से खरीद कर सिगरेट पीता हूं। बहुत सारी कंपनियां आ रही हैं अमरीका से हमें सिगरेट पिलाने। उन्हें भी रोक लेना। न बेचें मुझे सिगरेट। समाज पानी नहीं पिएगा मेरे घर का, न पिए। यहां कौन पियाऊ खोल रखा है उनके लिए। न मैं उनके कुएं से पानी भरने जा रहा हूं कि पानी नहीं भरने देंगे।''

रामलुभाया चुप नहीं रहा, ''मैं उनकी बात नहीं कर रहा हूं। देश का संविधान भी कोई चीज़ है या नहीं। पहली पत्नी घर में बैठी है और तुम डोली ले आए। पहली पत्नी से तलाक लिए बिना तुम दूसरा विवाह नहीं कर सकते। तुम्हारा दूसरा विवाह वैध नहीं है।...और मैं तुम्हें बता दूं, भाभी तुम्हें तलाक देगी नहीं। कभी नहीं।''

भोलाराम हंस पड़ा, ''मुझे पहली पत्नी से न तो तलाक चाहिए, न उसकी सहमति और मंजूरी। मुझे तुम्हारे संविधान की भी स्वीकृति नहीं चाहिए। क्या बिगाड़ सकता है मेरा, तुम्हारे देश का संविधान?''

''सरकारी नौकरी है तुम्हारी।'' रामलुभाया बोला, ''नौकरी से भी जाओगे और जेल में चक्की भी पीसोगे।''

इस बार उसकी पत्नी भी बोली, ''मैं जाऊंगी अभी जनाना विभाग में, तुम्हारी शिकायत करने।''

''मानवाधिकार वाले भी आएंगे। तुम्हारा जीना हराम कर देंगे।'' रामलुभाया ने जोड़ा।

''और महिला जागृति मंच वाले भी पीछे नहीं रहेंगे। अब आसान नहीं है, इस देश में नारी को सताना।'' उसकी पत्नी बोली, ''तुम्हारी उस नई छम्मक छल्लो को झोंटे से पकड़ कर बाहर घसीट ले जाएंगे, चौराहे तक।''

भोलाराम डरने के स्थान पर और भी क्रुद्ध हो गया, ''कोई साला मुझे या दुल्हन को हाथ लगा कर तो देखे।'' उसने रुक कर उनको घूरा, ''मैंने अपना धर्म परिवर्तन कर लिया है। देश का संविधान नहीं चलेगा मेरे साथ। मैं अब हिंदू नहीं हूं कि मेरे साथ जो ज्यादती चाहोगे कर लोगे। अल्पसंख्यक हूं मैं। हाथ लगा कर तो देखो मुझे...मेरे समर्थन में भी इतने लोग आ खड़े होंगे कि आसमान फट पड़ेगा...''

''कौन आएगा तुम्हारे समर्थन को? ऐसे अन्याय का भी समर्थन?'' उसकी पत्नी चिल्लाई।

भोलाराम पूरे आत्मविश्वास के साथ बोला, ''सारे अल्पसंख्यक संगठन आएंगे। सारी धर्मनिरपेक्ष पार्टियां आएंगी। सारी प्रगतिशील वामपंथी संस्थाएं आएंगी। सारी एन.जी. ओस. आएंगी। मुझे अकेला मत समझना।''

भोलाराम की पत्नी तथा रामलुभाया सहम गए और भोलाराम और अधिक आक्रामक दिखाई देने लगा।

''अल्पसंख्यक असहाय नहीं हैं तुम्हारी तरह।'' अंततः भोलाराम बोला, ''मुझ पर तुम्हारी कानून की धौंस नहीं चलेगी।...हां। सबको समान अधिकार प्राप्त हैं इस देश में। देश तुम्हारे बाप का नहीं है।''

रामलुभाया स्तब्ध रह गया। उसे स्पष्ट दिख रहा था कि झंडा तो उसी के हाथ में था, किंतु भोलाराम के साथ एक आक्रामक भीड़ थी जिसके हाथ में डंडे ही डंडे थे।

(25.2.1996)

हिंदू सम्मेलन

विमान से उतरते ही रामलुभाया ने मुझे शुभ समाचार दिया, "यह सम्मेलन तो हिंदू सम्मेलन होने से बच गया।"

मैंने देखा, वह आह्लाद के सागर में तैर रहा था, जैसे अपने जीवन की चरम उपलब्धि कर लौटा हो।

"यह कैसे संभव हुआ?" मैंने पूछा।

"अरे कैसे न होता, हम जो थे वहां।" वह बोला, "जहां-जहां ऐसे सम्मेलन होंगे, हम वहीं-वहीं यज्ञध्वंस करेंगे।"

मुझे लगा, मेरे सामने रामलुभाया नहीं–ताड़का, मारीच और सुबाहु की त्रिमूर्ति खड़ी है।

"तुमने क्या किया?" मैं अपनी जिज्ञासा रोक नहीं पाया।

"वही, जो हम हर बार करते हैं।"

"पर क्या किया तुमने?"

"अरे सूरीनाम के राष्ट्रपति ने हमारे स्वागत में एक पान गोष्ठी रखी थी।" वह बोला, "हमने जम कर पी ली और उसके बाद बैठ गए, उसी के प्रासाद की सीढ़ियों पर।"

"क्या गिर गए?"

"नहीं। गिरे तो नहीं। बस बैठ गए।"

"बैठकर क्या किया?"

"अनशन।"

"अनशन का अर्थ होता है–अन् अशन? अर्थात् भोजन न करना। तुमने भोजन नहीं किया?"

"भोजन करना किसको था। हम तो पीकर ही तृप्त थे।" रामलुभाया ने कहा, "बैठ गए और ज़ोर-ज़ोर से चिल्लाने लगे कि हमारा अपमान हुआ है। हम लौट जाएंगे। हम सम्मेलन में भाग नहीं लेंगे।"

"तुमने यह नहीं सोचा रामलुभाया! कि तुम एक पराए देश की धरती पर उनके राष्ट्रपति के प्रासाद की सीढ़ियों पर बैठे हो और तमाशा कर रहे हो। वहां संसार के अनेक देशों के लोग आए होंगे। उन सबने इसे देखा होगा, इससे हमारे देश की कितनी बदनामी हुई होगी।"

"होती रहे। हमें क्या?" उसने संशोधन किया, "वही तो हम चाहते थे।"

मैं उस देशभक्त पर कुर्बान हो गया।

"क्यों? भारत तुम्हारा देश नहीं है? उसका मान सम्मान तुम्हारा मान सम्मान नहीं है?" मैंने कहा, "उसके सम्मान की रक्षा तुम्हारा कर्तव्य नहीं है?"

"देखो, यह सब पट्टी हमको मत पढ़ाओ।" रामलुभाया कुछ आवेश में बोला, "हम देश का मान सम्मान इत्यादि कुछ नहीं मानते। हम तो अपने शत्रुओं को बदनाम कर रहे थे। तुम जानते हो कि हम देश और राष्ट्र की सीमाओं को कब से पीछे छोड़ चुके हैं।"

"तुम्हारे लिए तुम्हारी पार्टी ही सब कुछ है?"

"नहीं पार्टी भी नहीं। हमको तो अपना मान सम्मान प्यारा है। वे लोग जाने किन-किन लोगों को लेखक, पत्रकार और साहित्यकार बना कर ले आए थे।..."

"खैर यह तो साहित्य का शाश्वत महाभारत है। जिसके मन में आता है, वह दूसरों को साहित्यकार मानने से इंकार कर देता है। तुम जितने लेखकों को साहित्यकार नहीं मानते, उससे अधिक संख्या में वे लोग तुमको साहित्यकार नहीं मानते।"

"तो क्या मानते हैं?"

"जोड़-तोड़ का उस्ताद।"

"मैं जो भी हूं, पर मैं उनको साहित्यकार नहीं मानता।"

"तुम इस भ्रम में हो कि तुम साहित्यकारों के पंजीकार हो। तुम्हारे

प्रमाणपत्र के बिना कोई साहित्यकार बन नहीं सकता। सत्य यह कि साहित्यकारों को तुम्हारी मान्यता की आवश्यकता नहीं है।" मैंने कहा, "और यह तो हिंदी सम्मेलन था। इसमें अध्यापक और हिंदी सेवी भी गए थे।"

"जो कोई भी गया हो।" रामलुभाया ने ऐंठ कर कहा, "उन्होंने मुझे अपमानित किया और मैंने उन्हें अपमानित किया।"

"कैसा अपमान हुआ था?"

"व्यवस्था सम्बन्धी दोष था उनका।" रामलुभाया ने कहा, "होटल वाला हमसे दो दिनों का किराया मांग रहा था।"

"और तुम देना नहीं चाहते थे।"

रामलुभाया को क्रोध आ गया, "पैसों की क्या बात है। पैसे दे सकता हूं मैं। कमाता हूं। सारे दल के लोगों का टिकट खरीद सकता हूं मैं।"

"तो फिर दिए क्यों नहीं?"

"मैं चाहता था कि आयोजक दें।"

"तो आयोजकों से कहते। अनशन करने क्यों बैठ गए?"

"अरे अनशन किया तो कितना लाभ हुआ।" वह हंस पड़ा, "पैसे भी आयोजकों ने दिए। मुझसे क्षमा भी मांगी। मैंने अपने अपमान का प्रतिकार कर लिया।"

"तुमने अपने अपमान का प्रतिकार नहीं किया रामलुभाया! "मैंने कहा, "तुमने विदेश में एक विश्वमंच से अपने देश का अपमान मात्र किया है।"

"तो उन्होंने मुझसे क्षमा क्यों मांगी?"

"जिन्होंने क्षमा मांगी, वे भले लोग थे। वे लोग अपने देश का सम्मान बचाने का प्रयत्न कर रहे थे।" मैंने कहा, "वह उनका त्याग था।"

"खैर!"उसने बात बदली, "वह हिंदू सम्मेलन होने से बच गया।"

"बच गया का क्या अर्थ? वह हिंदू सम्मेलन था ही नहीं। हिंदू सम्मेलन ही करना होगा, तो विश्व हिंदू परिषद् डंके की चोट पर करेगी।" मैंने कहा, "और फिर जिन भारतवंशियों को अपने साथ मिलाने के लिए यह सम्मेलन किया गया, उन लोगों ने यहां भी रामचरितमानस की चौपाइयों का पाठ किया। राम जी की जय बुलाई। वे तुम्हारे साथ हैं, क्योंकि वे मानते हैं कि तुम उनके धर्म के मूलस्रोत भारत से आए हो। और तुम यहां से भारत

की जनता के पैसे पर वहां प्रवासी भारतवंशियों को यह बताने गए थे कि तुम हिंदू होने से बचना चाहते हो। सम्मेलनों को हिंदू होने से बचाना चाहते हो। भारत उनके धर्म का न उत्स है, न स्रोत?"

"तुम न जाने क्या बकने लगे हो।" वह बोला, "हम तो ऐसा कोई सम्मेलन नहीं होने देंगे। जहां होगा, वहां हड़कंप मचा देंगे।"

मैं समझ रहा था कि सिद्धाश्रम में बच गया मारीच, स्वर्णमृग का स्वांग बना कर पंचवटी की ओर दौड़ रहा था।

हुए मर के हम जो रुस्वा

मिर्ज़ा ग़ालिब के दो नौकर-कल्लू और कल्याण कमरे की झाड़-पोंछ कर रहे थे। कल्याण कुछ उत्तेजित सा था। कल्लू ने दो एक बार उसकी ओर देखा भी और सोचा कि उससे पूछे कि उसका मुंह क्यों इतना सूजा हुआ है, पर फिर यह सोच कर कि उसे क्या लेना-देना है। घर में पत्नी से लड़कर आया होगा। किस घर में लड़ाई नहीं होती और कौन सा पति, पत्नी से डांट नहीं सुनता। और फिर पत्नी से डांट खाकर पति सिवाय मुंह सुजाने के और कर भी क्या सकता है।...रोटी पकाने से तो कोई इन्कार कर सकता है, रोटी कमाने से इन्कार कैसे किया जा सकता है।...

आखिर कल्याण ही फूटा, "ये हमारे मिर्ज़ा कोई काम क्यों नहीं करते। भगवान् की दया से पढ़े-लिखे हैं। दस्तखत भी कर लेते हैं। फारसी भी बोल लेते हैं। हाथ इतना तंग है, फिर भी बैठे-बैठे हुक्का गुड़गुड़ाते रहते हैं।"

अपना अनुमान ग़लत निकलने पर कल्लू को कुछ खेद हुआ, किंतु सन्तोष भी हुआ कि कल्याण ने पत्नी से डांट नहीं खाई थी, वह अपने स्वामी के लिए चिंतित था। रूठने से तो चिंता ही भली।

"ऊंट बूढ़ा हुआ, पर उसे मूतना न आया।" कल्लू मुंह बना कर बोला, "बूढ़ा हो गया, पर कल्याण रहा तू बुद्धू का बुद्धू ही।"

"क्यों मालिक की भलाई के विषय में सोचना मूर्खता है क्या?" कल्याण बोला, "पर शायद तुम ठीक ही कहते हो, बुद्धू तो मैं हूं ही। समझदार होता तो मालिक की तंगदस्ती देखकर मैं भी औरों के ही समान कोई और घर न देखता।...तुम क्यों नहीं चले जाते, तुम तो बुद्धू नहीं हो?"

"वह नहीं कह रहा हूं मैं।" कल्लू ने समझाया।

"तो क्या कह रहा है भाई तू?"

“मैं तो कह रहा हूं कि शायर लोग भी कहीं कोई काम करते हैं क्या?”

“तो कवि लोग बेकाम और नाकाम ही होते हैं?” कल्याण ने कहा, “निष्काम तो वे होते नहीं।”

“जाने क्या होते हैं और क्या नहीं होते, पर उनकी एक नाक होती है, जिस पर वे मक्खी नहीं बैठने देते। इसलिए कोई काम तो उनसे होता नहीं।” कल्लू बोला, “किताब का बोझ उठा लें–इतना ही बहुत है। जिनकी कमर ख़यालों के नाजुक बोझ से झुक जाती है, वे कलम चला लें तो ही बहुत है; फावड़ा तो उनसे चलेगा नहीं।”

कल्याण भी उसी रौ में बह गया, “कमर में तलवार चाहे बांधी हो, किंतु शत्रुओं को हाथ नहीं लगा सकते, बस छालिया कुतरते रहेंगे दांतों तले, जैसे अंग्रेज़ों के लश्कर को चबा रहे हों। हुक्का गुड़गुड़ाएंगे, जैसे शेर दहाड़ रहा हो।”

कल्लू ज़ोर से हंसा, “कल्याण! तू तो ऐसे ही पड़ गया शायरों के पीछे। कितना तो काम है उनके पास। दोस्त यार आ जाएं तो गप्पें मारनी पड़ती हैं। मार न पाएं तो हांकनी तो पड़ती ही हैं। कभी किसी बाई जी का गाना सुनना पड़ता है, कभी किसी नचौनी का नाच देखने जाना पड़ता है। पालकी में बैठे-बैठे ही कमर टूट जाती है। मुजरे में वाह-वाह कर बाई जी के कदमों में बिछ जाना पड़ता है। दाद देने के बहाने सिर के बाल नोच लेने पड़ते हैं।...”

“दाद तो है ही बुरा रोग। खुजला-खुजला कर चमड़ी छील लो बाल नोचना क्या बड़ी बात है।”

“अबे खुजली की बात नहीं कर रहा हूं।” कल्लू झींका, “दाद माने तारीफ। प्रशंसा। तू कर सकता है यह काम? बाई जी को देखते ही बेहोश हो जाएगा। ‘वाह’ तक तो तेरे मुंह से निकलेगी नहीं। मैदाने जंग में दुश्मन का सामना करने के लिए एक तरह का कलेजा चाहिए और बाई जी के कदमों में बिछने के लिए दूसरी तरह का।...है तुझ में हिम्मत कि नचौनी की नजरों की कटारी झेल सके?”

कल्याण ने कानों को हाथ लगाए, “न भैया! मुझमें तो इतनी सी भी हिम्मत नहीं है कि बाई जी की वीथि में पग धर सकूं।...पर मैं तो केवल इतना ही कह रहा हूं कि जब इतने परेशान हैं, तो कोई काम क्यों नहीं

कर लेते। मुंशीगीरी तो कहीं भी मिल जाएगी। वह तो करेंगे नहीं, दाद के मारे बाल नोचते रहेंगे।''

''मैंने कहा न कि तू पागल ही रहेगा।'' कल्लू बोला, ''अरे काम करते हैं कमीने लोग। ये ठहरे शरीफ लोग। शर्फा।''

''शर्फा ही हैं, कोई अशरफी तो हैं नहीं।''

''अशरफी नहीं हैं, फिर भी इनसे अपने हाथों से काम तो होगा नहीं। क्या काम करेंगे ये लोग।''

''हां! हम ठहरे कमीने। ये ठहरे कर्महीन।'' कल्याण बोला, ''...पर तुम ठीक कहते हो कि कवि लोग कोई काम नहीं करते। सूरदास और तुलसी बाबा भी कोई काम नहीं करते थे। बस भगवान् का भजन ही किया करते थे।...हां! कहते हैं कि क़बीरदास जुलाहे का काम किया करते थे।''

''अबे जब इतना सब कुछ जानता है तो यह क्यों कहता है कि मिर्ज़ा काम क्यों नहीं करते।'' कल्लू बोला, ''शायरी और फ़क़ीरी कोई दो अलग चीज़ें थोड़ी हैं।''

''शायरी और फ़क़ीरी तो है ही एक चीज़ पर मिर्ज़ा तो शायरी और रईसी को एक करने पर तुले हुए हैं।''

''फ़क़ीरी और रईसी भी एक ही चीज़ है मूरख। फ़क़ीर से बड़ा रईस कौन हुआ है, आजतक?'' कल्लू झल्ला कर बोला, ''इस बात को तू कभी नहीं समझेगा...''

''मेरी तो सारी समझ ही गड़बड़ा गई है भैया।'' कल्याण बोला, ''कभी-कभी मुझे ये सारे रईस फ़क़ीर ही नज़र आने लगते हैं। बेचारे न कुछ पैदा कर सकें, न कुछ बना सकें। मोहताज हैं ग़रीबों के, मजदूरों के, किसानों के, अपने नौकरों-चाकरों के।...''

''और कभी-कभी तुझे फ़क़ीर भी रईस नज़र आने लगते होंगे....''कल्लू बोला, ''कैसी शान से बादशाहों के हुक्म को भी ठुकरा कर चल देते हैं।...''

''हां! तुम ठीक कहते हो।'' कल्याण बोला, ''पर फिर यह मेरी समझ में क्यों नहीं आता कि हमारे मिर्ज़ा फ़क़ीर हैं या रईस।''

''गड़बड़ कहीं और नहीं, तेरी खोपड़ी में है।'' कल्लू बोला, ''तूने सुना नहीं—ये मसाइले तसव्वुफ, यह तेरा बयान ग़ालिब। तुझे हम वली समझते, जो न बादाख़्वार होता।''

इतने में वफादार आंधी के झोंके के समान कमरे में प्रविष्ट हुई और डांट कर बोली, "बतियाते ही रहोगे कि किसी की सुनोगे भी। मियां कब से पुकार रहे हैं। बेगम अलग परेशान हैं कि तुम लोग सुनते क्यों नहीं हो। बहरे हो गए हो क्या?"

उनका कोई प्रश्न या उत्तर सुनने के लिए वह नहीं रुकी। जैसे आई थी, वैसे ही कमरे से निकल गई।

कल्लू और कल्याण ने एक दूसरे को देखा और मिर्ज़ा के कमरे की ओर चल पड़े। वहां महफ़िल लगी हुई थी। कोई नए कवि अपनी कविता सुना रहे थे। मिर्ज़ा ग़ालिब सिर झुकाए उसे सुन रहे थे।

कल्लू और कल्याण ने एक दूसरे की ओर देखा।

"उस चुड़ैल ने यह नहीं बताया कि मेहमान आए हैं। उनके लिए शर्बत लाना है।" कल्लू बोला और वे दोनों उलटे पैरों लौट गए।

नए कवि ने अपनी कविता पूरी की और मिर्ज़ा ग़ालिब की ओर देखा।

"अच्छी है।" मिर्ज़ा ने कहा,

हुआ जब ग़म से यूं बेहिस, तो ग़म क्या सिर के कटने का।
न होता गर जुदा तन से तो ज़ानूं पर धरा होता।

"क्या मतलब?" नए कवि ने हैरान होकर पूछा।

"मतलब यह कि, 'घर हमारा जो न रोते भी तो वीरां होता। बहर गर बहर न होता, तो बयाबां होता।।"

"मैं अपनी ग़ज़ल के बारे में पूछ रहा था।" नया कवि कुछ परेशान होकर बोला।

"आपकी ग़ज़ल के बारे में ही अर्ज़ किया है।"

नए कवि की समझ में कुछ नहीं आया। बोला, "आप कुछ उदास हैं मिर्ज़ा साहब!"

मिर्ज़ा ग़ालिब थोड़ी देर उसकी ओर देखते रहे और बोले—

दिल ही तो है, न संगोखिश्त, दर्द से भर न आए क्यों।
रोएंगे हम हज़ार बार, कोई हमें सताए क्यों।

"वाह! वाह!! क्या बात कही है।" श्रोताओं की ओर से दाद उमड़ पड़ी?" कोई हमें सताए क्यों।"

ग़ालिब ने हाथ के संकेत से दाद स्वीकार कर उसका धन्यवाद करते हुए अगला शे'र पढ़ा—

हां वो नहीं खुदापरस्त, जाओ, वो बेवफा सही।
जिनको हो दीनोदिल अज़ीज़, उनकी गली में जाए क्यों।

लोगों ने दाद में फिर से वाह-वाह का जुलूस निकाला, पर उन सब से ऊपर एक नारा नए कवि का था, "वाह! वाह!! कहीं जनाब हमारे मदर्से में उस्ताद हुए होते, तो कोई हमें भी राह दिखाने वाला होता।"

ग़ालिब मुसकुराए, "मदर्सा और उस्ताद। बर्खुर्दार! मदर्से में मुदर्रिस होते हैं उस्ताद नहीं।"

"अगर बुरा न मानें मिर्ज़ा साहब! तो एक बात कहूं।" एक और व्यक्ति ने कहा।

"बर्खुर्दार! जब हमने ज़माने की बेअदबी का ही बुरा नहीं माना तो तुम्हारी बात का क्या बुरा मानेंगे। कहो। बेखौफ कहो।"

"जनाब! जब हम मदर्से में इल्म हासिल करने जाते हैं और वहां हमें आलिम मिलते ही नहीं, तो हम भी क्या करें?...आपके पांव धोकर पीने की भी औक़ात नहीं हमारे मुदर्रिसों की और कहते वे ख़ुद को उस्ताद हैं।... एक अच्छा शे'र कहने की सलाहियत नहीं और सारे नए शायरों के कलाम में इस्लाह करने का दम भरते हैं।"

"वह तो उन्हें मौज़ नहीं मिलता, नहीं तो वे पुराने उस्तादों के कलाम में भी इस्लाह कर दें।" किसी और ने कहा।

ग़ालिब हंस पड़े, "मियां साहबज़ादे! तुम तो बहुत नाराज़ मालूम पड़ते हो, अपने मुदर्रिसों से। आखिर ऐसी भी क्या बात है?"

"नाराज़ होने की तो बात ही है मोहतरम! "एक और युवक बोला, "आप अपने एक शे'र में जो बात कह गए, वे बरसों की अपनी तक़रीरों में नहीं कह पाए। पान चबाते आएंगे। संटी बरसाएंगे। वाही तबाही बकेंगे और चले जाएंगे। और दावा यह कि मुल्क और घैम की अगली पीढ़ी की तामीर कर रहे हैं। वल्लाह! हमारा एक भी मुदर्रिस आप जैसा उस्ताद होता।"

ग़ालिब ने एक उदास सी दृष्टि उस पर डाली, "नौजवान! ख़्वाहिश तो तुम्हारी बहुत नेक है, पर तुम यह बताओ कि मुल्क और घैम ही ने

उन ग़रीब मुदर्रिसों के बारे में क्या सोचा है कि वे लोग नई पीढ़ी तामीर करें। बेचारे फटे हाल रहते हैं, रोटी की जगह मुहल्ले के बनिए की घुड़कियां खाते हैं। कहां उस्ताद को देख कर शाहंशाह सलाम करते थे और कहां सरकारी प्यादे को देख कर मुदर्रिस सलाम बजा लाते हैं। मुझे तो इस मुदर्रिसी में ऐसा कुछ दिखाई नहीं देता कि कोई रौशन दिमाग़ नौजवान मुदर्रिसी की तरफ लपके। उससे तो वह किसी सौदागर की नौकरी कर ले, जो अपने नौकरों की परवरिश तो करता है। किसी रईस की ड्योढ़ी में नौकर हो जाए, जो उसे अपने दस्तरफ़ान का नवाला तो देता है। अंग्रेज़ का सिपाही हो जाए, जो तनख्वाह के साथ लूट की इजाज़त भी देता है।...तुम अपने मुदर्रिस को भूखे भी मारते हो और जूतियां भी, फिर कहते हो कि वह क़ौम की नई पीढ़ी की तामीर करे..."

"तामीर करने की लयाक़त किसी में हो तो क़ौम उसे सिर माथे पर उठाए।" नए कवि ने तड़पकर कहा।

"ठीक कहते हो।" ग़ालिब बोले, "पर जब मुदर्रिसी में आधे पेट खाने और फटेहाल रहने के सिवाय कुछ रखा ही न हो, तो कोई उधर मुंह ही क्यों करे। तुमने कभी ग़ौर किया है कि मुदर्रिस कौन बनता है?"

"जिसे किताबों से प्यार होता है। इल्म से मुहब्बत होती है।"

"नहीं।" ग़ालिब आवेशपूर्ण स्वर में बोले, "जिसे कोई कुंजड़ा भी अपनी झल्ली ढोने लायक नहीं समझता।...जब सब तरफ़ से पिटे हुए ख़स्ताहाल दिमागी हालत वाले लोग मुदर्रिस बनेंगे, तो मदर्सों में इल्मी दिवालियापन ही तो दिखाई देगा..."

"मैं कहता हूं कि अच्छे उस्ताद मुदर्रिस बन जाएं तो न मदरसों की यह हालत रहेगी।" नया कवि बोला, "न हमारी नई पीढ़ी ऐसी ऊलजलूल हरकतें करेगी। आप तसव्वुर कीजिए, अगर आप हमारे उस्ताद बन कर आएं..."

"मुझे तो तुम माफ़ ही रखो बखुरर्दार! "ग़ालिब कुछ अवसादपूर्ण स्वर में बोले, "सुबह उठकर बजाय कुछ अच्छा पढ़ने-लिखने के या सोचो फ़िक्र करने के, कहीं अपने भीतर कोई सरूर खोजने के, मिर्ज़ा ग़ालिब अचकन और टोपी डाट कर बल्लीमारान के मदर्से में जा पहुंचेंगे। लौंडे सीटियां बजाते हुए आएंगे और कहेंगे, "मौली साहब! आदाब! मिर्ज़ा ग़ालिब मौली साहब

हो जाएं। दिमाग में कोई नाज़ुक ख़्याल मुजस्मे की शक़्ल में ढल रहा हो, कहीं कोई तखैकयुल आसमान पर रखे इंदरधनुष पर पैर रखकर उड़ जाने की तैयारी में हो और मिर्ज़ा असदुल्ला खां ग़ालिब लड़कों की तख़्तियों पर उनकी हिज्जे दुरुस्त कर रहे हों। दिमाग में एक से बढ़कर एक शे'र आ रहा हो और मियां ग़ालिब हाथ में छड़ी लिए हुए लड़कों को गर्दनें रटा रहे हों...लाहौलविला कुवत..."

"मिर्ज़ा साहब!..."

पर ग़ालिब ने उसे बात पूरी नहीं करने दी, "और किसी वक्त न हुई तबीयत लौंडों से मग्ज़ मारने की, न पढ़ाना चाहा तो वे सीटियां बजाने और आदाब करने वाले लौंडे, आदाब कहना छोड़ बस सीटियां ही बजाएंगे। आंखों में आंखें डाल कर रौब गांठेंगे, 'पढ़ाओगे कैसे नहीं? तलब नहीं पाते क्या।' उनके अब्बा मियां तैश के साथ चिल्लाएंगे, 'अमां पढ़ाओगे कैसे नहीं, हम तुम्हें महीने में फी लड़का दो पैसे नहीं देते?'...तब उनको कोई कैसे कहेगा कि ग़ालिब का एक-एक शे'र, साल भर की तलब पर भारी पड़ता है...अशर्फ़ियों से तुलने वाले शे'र कमजर्फ़ और बददिमाग़ लोगों की गालियों से तुला करेंगे...। मियां! ग़ालिब के होशोहवास अभी दुरुस्त हैं।"

ग़ालिब रुक गए। दरवाजे की ओर देखा। वहां शिवनारायण खड़े थे। शिवनारायण का चेहरा कुछ उड़ा हुआ था। उधर ग़ालिब की टकटकी लगी देख शेष लोग भी उधर ही देखने लगे। शिवनारायण एक हाथ से आदाब कर चुपचाप एक कोने में बैठ गए।

उन्हें कुछ न बोलते देख ग़ालिब ही स्वयं बोले, "क्या बात है मियां शिवनारायन! ऐसे गुमसुम क्यों हो, जैसे कहीं ग़मी में आए हो। ऐसे घुन्ने तो तुम हो नहीं। मौलवी ग़ज़ल खैराबादी होते तो बात और थी।"

शिवनारायण ने एक बार बड़ी यतीम सी दृष्टि से मिर्ज़ा को देखा और फिर धीमे स्वर में बोले, "आपकी इस महफ़िल को बदमज़ा नहीं करना चाहता मिर्ज़ा साहब! बाद में आपसे बात करूंगा।"

"यार हमारा बदमज़ा होता रहे और हम महफ़िल में जमे रहें, ऐसा भी कभी हुआ है क्या?" ग़ालिब बोले, "...पर बात क्या है मियां? तुम महफ़िल की फ़िक्र मत करो शिवनारायन, नहीं तो हमारी ज़िंदगी ही बदमज़ा हो जाएगी।"

किंतु शिवनारायण अपने स्थान से नहीं टले, ''महफ़िल में कहने की बात नहीं है, एकांत में कहूंगा।''

नया कवि उठ खड़ा हुआ। समझ गया कि अब मिर्ज़ा से और बात नहीं हो सकेगी। बाकी लोग भी उठ गए। शिवनारायण का संकेत स्पष्ट था कि वे कोई गंभीर चर्चा करना चाहते हैं—पर एकांत में।

''मिर्ज़ा साहब! अब हमें इजाज़त दें। लगता है कि आपके दोस्त कोई अहम ख़बर लाए हैं।'' सलाम कर वह बाहर निकल गया। शेष लोग भी सलाम कर चले गए। मिर्ज़ा जैसे बेध्याने से खड़े रह गए। उनकी समझ में ही नहीं आ रहा था कि यह क्या हो गया और क्या होता जा रहा है। सब के चले जाने के पश्चात् वे शिवनारायण की ओर मुड़े।

''क्या बात है शिवनारायन?'' वे बोले, ''ऐसी क्या बात हो गई भाई कि तुमने मिर्ज़ा की महफ़िल ही उजाड़ दी?''

''हुज़ूर को कुछ ख़बर भी है?''

''अरे क्या हो गया? बादशाह सलामत को अंग्रेज़ों ने लालकिले से निकाल बाहर कर दिया क्या?''

''नहीं! वे तो वहीं हैं।'' शिवनारायण बोले, ''ऋण न चुकाने के अपराध में अदालत में आपके खिलाफ पांच सहस्र रुपयों की डिग्री हो गई है...।''

''पांच हज़ार रुपए!'' मिर्ज़ा हैरान रह गए, ''यह कहां का इंसाफ़ है... जागीर छीन ली...वजीफ़ा नहीं देते...सारी जायदाद के हिस्से बड़ारे कर दिए... दरबार के शायर के लिए ख़र्च नहीं...और अब यह डिग्री...आखिर क्या चाहते हैं ये लोग...रुतबा नहीं, ओहदा नहीं, ...ख़र्च नहीं...क्या करे शायर? इस मुल्क में कोई शायर ज़िंदा कैसे रहेगा?''

''कौन चाहता है कि शायर जीवित रहे?'' शिवनारायण बोले, ''किस को आवश्यकता है इस देश में कवि की?''

''इस मुल्क को शायर नहीं चाहिए?''

''नहीं! वे पूछते हैं कि कवि करता ही क्या है?''

''तो इस मुल्क में लोगों की ज़बान में हुस्नोलताफत कौन पैदा करेगा?''

''किसको आवश्यकता है इन सबकी? इस देश में आज कुंजड़नों की गालियां लोगों को कवियों के दीवान से अधिक प्यारी लगती हैं।''

''इन्हें खूबसूरत तसव्वुर और नाज़ुक ख़्याल कौन देगा?''

“दिल्ली में खूबसूरत तसव्वुर और नाज़ुक ख़्यालों का नहीं, झूठ फरेब, लांछनों और षड्यंत्रों का महत्व है मिर्ज़ा साहब! किसको चाहिए कवि की इंद्रधनुषी कल्पना।”

“इन्हें फ़िक्रोसुग़न की बुलंदियां कौन समझाएगा?”

“बुलंदियों की चिंता किसको है। अमीरो-उमरा, दरबारी, मनसबदार, अहलकार-सब तो झूठे और मक्कार हैं। नरक के कीड़े। चिंता है तो यह कि किस प्रकार सारे देश को अपने पैरों तले रौंद कर, स्वयं धन दौलत और विलास के आकाश को छू लें।” शिवनारायण कुछ आवेश में बोले।

“इनमें अहसास कौन पैदा करेगा? इनके जज़्बात में वलवले कौन जगाएगा?”

“वे तो चाहते ही हैं कि सारा देश संवेदनाशून्य हो जाए...जड़ पत्थर... उसे पीसकर रख दिया जाए, तो भी उसे कांटा चुभने की सी भी अनुभूति न हो। वे चाहते हैं कि कवि को इतने बेभाव की पड़े कि कवि के भाव मर जाएं। वलवलों की किसी को आवश्यकता नहीं है यहां। कीचड़ में बिलबिलाने वाले कीड़े को वलवलों की आवश्यकता नहीं होती।”

“और इन्हें हैवानियत से निकाल कर रूहानियत के रूबरू खड़ा कौन करेगा?” ग़ालिब अपनी उसी मुद्रा में कहे जा रहे थे।

“हमारे देश के नेताओं को आध्यात्मिक लोगों की नहीं, गधे, घोड़ों और खच्चरों की लीद उठाने वालों की आवश्यकता है। देश क्या है, अस्तबल हुआ पड़ा है।” शिवनारायण को मिर्ज़ा ने आजतक इतने आक्रोश में नहीं देखा था, “दुर्गंध से नाक फटी जा रही है। हिंदुस्तानी अमीरो-उमरा हैं, जो धन और विलास के पीछे देश को अंग्रेज़ों के हाथों बेचने पर तुले हुए हैं। बादशाह सलामत अपने लालकिले को ही गनीमत समझते हैं। उनको अपनी गद्दी बचती दिखाई नहीं देती...और अंग्रेज़! अंग्रेज़ चाहता है कि यह देश बाग-बगीचों के स्थान पर श्मशान हो जाए और वह चांडाल बनकर उस पर शासन करे।”

“जब देश तबाह हो रहा है, तभी तो उसे शायरों, फनकारों और सोच-विचार करने वाले मुज़क्किरों की ज़रूरत है...।” मिर्ज़ा बोले।

“होती होगी, पर इस समय तो आप अपने आपको तबाह होने से बचाइए।” शिवनारायण ने कहा, “पांच सहस्र रुपयों की डिग्री है। या तो

कहीं से पांच सहस्र रुपयों का प्रबन्ध कर अपना ऋण चुकाइए, या फिर घर से बाहर निकलते ही गिरफ़्तार हो जाइए।"

"क्या कहते हो शिवनारायन।" मिर्ज़ा पहली बार कुछ विचलित होते दिखाई दिए।

"हां जनाब! "शिवनारायण बोले, "वह तो अदालत ने आपको शर्घ में शुमार किया है, इसलिए आपको आपके घर के भीतर से गिरफ़्तार करने की मनाही है; नहीं तो वे कमबख़्त आपको घर में ही धर लेते और घसीटते हुए कोतवाली तक ले जाते।"

"पर घर से बाहर न निकलूं तो मेरी ज़रूरतें...."

"जनाब मिर्ज़ा साहब! आपके ये दोस्त अहबाब, यह मित्र मंडली किस दिन काम आएगी?" शिवनारायण ने कहा, "आप निश्चिंत रहें, आपको हम किसी किस्म की तकलीफ नहीं होने देंगे। पर कृपा कर घर से बाहर मत निकलिएगा।"

"पर पैसों का भी तो इंतज़ाम करना होगा, मियां!" ग़ालिब बोले, "कब तक चूहे की तरह बिल में दुबका रहूंगा?"

"मौलवी फ़ज़लहक़ कह रहे थे कि वे आपकी नौकरी का कोई रास्ता निकाल रहे हैं।" शिवनारायण उठ खड़े हुए।

"नौकरी।" मिर्ज़ा की आंखें फटी की फटी रह गईं।

"हां! वे कह रहे थे कि अंग्रेज़ों की एक पाठशाला की इंतजामिया कमेटी में उनकी कोई जान पहचान है। कोई नवाब कल्लन और उनकी रखैल दोनों ही उसके सदस्य हैं। वे आपको उनसे मिलवा देंगे।"

ग़ालिब ने कुछ कहा नहीं, बस देखते ही रह गए।

दो

हवेली के एक बड़े से कमरे में महफ़िल सजी हुई थी। अनेक लोग बैठे थे। उन सबके बीच बड़ी ठसक के साथ शबरातन बैठी थी। दासियां पान की गिलौरियां पेश कर रही थीं। हुक्के का धुआं उड़ रहा था। कहकहों की आवाज़ें आ रही थी।

मौलवी फ़ज़्लहक़ खैराबादी, अपने साथ मिर्ज़ा ग़ालिब को लेकर आए थे। मौलवी साहब ने अंदर झांक कर देखा और दासी को संकेत से बुलाया। दासी आकर उनकी बात सुन गई और लौटकर शबरातन के कान में धीरे से कुछ बोली। शबरातन के चेहरे पर अप्रसन्नता सी झलकी और बोली, "अब आ ही गए हैं तो ले आओ।" फिर स्वयं ही ऊँचे स्वर में पुकार कर बोली, "अब आ भी जाइए मौलवी साहब! कब तक इस तरह शरमाते रहिएगा।"

पहले मौलवी ग़ज़ल और फिर मिर्ज़ा ग़ालिब ने प्रवेश किया। मिर्ज़ा हक्के-बक्के से खड़े रह गए और मौलवी साहब ने झुक कर बी शबरातन को ऐसे सलाम किया जैसे वे बहादुरशाह ज़फ़र के दरबार में खड़े हों।

सब लोग मिर्ज़ा को ऐसे देख रहे थे, जैसे कोई अजीब सा जानवर घर में घुस आया हो।

सहसा शबरातन इधर-उधर देख, कुछ हाव-भाव से मुंह बना कर बोली, "तशरीफ रखिए। कब तक ऊदबिलाव की तरह गर्दन उठा कर देखते रहिएगा।"

मिर्ज़ा ग़ालिब अटपटी सी चाल चल कर मौलवी साहब के पास जा बैठे, जैसे कोई बच्चा अपरिचितों की भीड़ में अपनी मां का आंचल थाम कर बैठता है।

फ़ज़्लहक़ अपनी निकटता जताने के लिए जैसे शबरातन को सुना कर बोले, "आप इन्हें पहचानते हैं न मिर्ज़ा साहब!"

मिर्ज़ा ग़ालिब को वे अच्छी तरह सिखा पढ़ा कर लाए थे, पर मिर्ज़ा जैसे अपनी मनःस्थिति से बाहर नहीं आ पा रहे थे। वे पहचानने का बहुत सारा प्रयत्न कर भी नहीं पहचानते और नकार में सिर हिला देते हैं।

मौलवी साहब को इसी का भय था। इतना समझा कर लाए थे, पर मिर्ज़ा ग़ालिब तो मिर्ज़ा ग़ालिब ही थे। अपनी प्रकृति को कैसे बदल लेते।

मिर्ज़ा का सिर हिलाना जैसे बहुत सारे मुसाहिबों को सुनहरा अवसर दे गया। वे समूह गान के स्वर में बोले, "अरे साहब! आप इन्हें नहीं जानते। तो दिल्ली शहर में किसे जानते हैं आप। ये दिल्ली की जानी पहचानी हस्ती हैं...बी शबरातन!"

मिर्ज़ा कुछ झेंपे और बोले, "माफ़ कीजिएगा। मेरे जेहन में न यह

शक्ल उभर रही है, न यह नाम ही याद आ रहा है। बड़ी बी शायरा हैं क्या?''

बड़ी बी सुनकर ही शबरातन के मुंह का स्वाद कसैला हो गया।

मौलवी साहब ने स्थिति संभालने के लिए कहक़हा लगाया, ''ये शायरा नहीं, शाहेराह हैं। किसी ऊंची मंजिल तक पहुंचना हो तो ये ही वहां तक पहुंचाती हैं।''

''होंगी शाहेराह, मगर नाम तो नानबाइयों का सा है।'' ग़ालिब बोले।

''नहीं! हमारी बी शबरातन न शायरा हैं, न नानबाई।'' एक मुसाहिब ने उनकी प्रशंसा में कहा और परिचय देना आरंभ किया, जिसे शबरातन बड़े गौरव से मुस्कुरा कर सुन रही थी, जैसे राजा लोग चारणों से अपने वंश की विरुदावली सुनकर मुस्कुराते होंगे, ''हमारी बी शबरातन जाति से कुंजक़न हैं। इनके पुरखे दरियागंज की मंडी में अपनी टोकरी लेकर बैठा करते थे। इनकी मां एक अमीर की नज़र में चढ़ गईं और अंजाम यह हुआ कि बिना निकाह के ही यह चांद का टुकड़ा पैदा हो गया।'' वह मुस्कुराया, ''आजकल ओहदे से आप नवाब कल्लन मियां की रखैल का दबदबा रखती हैं।''

''माशाअल्लाह! इल्म की बड़ी ऊंची सनद पाई है इन्होंने।'' ग़ालिब कुछ-कुछ अपने रंग में आ रहे थे, ''दिल्ली दरवाज़े से अजमेरी दरवाज़े तक की सारी सनदें पार कर गईं।''

''और नहीं तो क्या।'' शबरातन मिर्ज़ा का अभिप्राय समझे बिना अपने फूहड़ ढंग से बोली, ''कुंजड़नें तो आज भी बहुत हैं बाज़ार में। साग भी तौलती हैं और ग्राहक की जेब भी टटोलती हैं। दरियागंज की मंडी अटी पड़ी है उनसे। क्यों न बन गईं वे नवाब कल्लन मियां या नवाब रल्लन मियां की रखैलें।...''

''आपके ओहदे की ऊंचाई नहीं समझ आई उनको। साग तौलती रह गईं, अपना जिस्म नहीं तौल पाईं।'' मिर्ज़ा ने बड़ी शालीनता से कहा।

''और नहीं तो क्या। समझ की ही तो बात है सारी।'' शबरातन इतरा कर बोली, ''नहीं तो जनाब ही को किसी शाहजादी या अमीरजादी ने क्यों नहीं रख लिया। उनमें से भी तो बहुत सारी बड़ी शौकीन मिजाज होती हैंगी सालियां।''

"आप ठीक फ़रमाती हैं।" मिर्ज़ा ग़ालिब बोले, "यह लयाक़त तो मुझ में सिरे से है ही नहीं।"

"तभी तो चूतड़ रगड़ रहे हो।" शबरातन बोली, "नहीं तो बैठे ऐश कर रहे होते।"

मिर्ज़ा ने बुरा सा मुंह बना कर मौलवी साहब की ओर देखा, जैसे कह रहे हों, यह कहां ले आए तुम। फ़ज़्लहक़ उन्हें शांत रहने का संकेत कर दूसरी ओर देखने लगे।

मिर्ज़ा जैसे उक्ता कर बोले, "तो अब हम यहां किस इंतज़ार में बैठे हैं?"

"नवाब साहब आ जाएं तो हम कारवाई शुरू करें।" एक मुसाहिब ने कहा, "चाहे आप की ही गजल से शुरू हो जाए।"

"मैं गजल नहीं ग़ज़ल कहता हूं।" मिर्ज़ा बोले।

"तो आप ईरान चले जाइए, यहां तो वह गजल ही होगी।"

"अरे छोड़ो। क्यों उलझते हो इनसे। ये गजल कहते हैं तो गजल ही सही।" शबरातन बोली, "हम कौन रुबाई के लिए हठ कर रहे हैं।"

"तो जनाब! ये नवाब रल्लन कौन साहब हैं?" मिर्ज़ा ने पूछा।

"आप तो सब गड़बड़ किए दे रहे हैं।" मौलवी साहब ने धीरे से कहा।

शबरातन फूहड़ ढंग से कहकहा लगा कर हंसी, "नवाब कल्लन। नवाब रल्लन नहीं।"

मिर्ज़ा जैसे परेशान होकर बोले, "मेरे लिए एक ही बात है।"

"मियां! तुम्हारे लिए होगी एक बात।" शबरातन इतराई, "हम तो नवाब कल्लन की दाशता हैं, नवाब रल्लन की नहीं हो सकती हैंगी। आखिर हमारा भी तो साला कोई उसूल हैगा।"

"तो नवाब कल्लन कौन हैं?

"मदरसा उन्हीं के मकान में चलता है।

"तो वे मालिक मकान हैं?" ग़ालिब ने पूछा।

"मालिक मकान नहीं, मालिक ही कहो।" शबरातन ने कहा, "नवाब साहब की पहले कसाई की दुकान थी। अब नौकर चाकर वह दुकान चलाते हैं।"

"माशाअल्लाह।" ग़ालिब समझ नहीं पा रहे थे कि वे हंसें या रोएं, "तो नवाब साहब कसाई हैं और उन्हें शायरी का शौक भी है।"

"जब नवाब साहब को शराब और कुंजग़नों का शौक है, तो शायरी का शौक अपने आप ही होगा।" शबरातन की बाछें खिल गईं।

"खैर होगा। पर मेरी काबलियत का इस्तहान कौन लेगा?"

"वे ही लेंगे।" शबरातन बोलीं, "कुछ हम पूछ लेंगे।"

"कसाई...मेरा मतलब है, नवाब साहब?"

"हां साहब! वे मालिक हैं। यह फैसला बिल्कुल वे ही करेंगे कि उन्हें लायक उस्ताद चाहिए या नालायक।"

ग़ालिब हैरान रह गए, "नालायक उस्ताद।"

"हां! यह फैसला तो खरीदार ही करेगा न कि उसे डाक पहुंचाने वाला तेज रफ्तार घोड़ा चाहिए, या बोझ उठाने वाला गधा।" शबरातन कुछ बिगड़ गईं, "पर आप ये सारे सवाल करने वाले कौन होते हैं। आपको नौकरी चाहिए या नहीं?"

"बी हसीना! आप नाराज़ न हों।" मौलवी फ़ज़लहक़ बीच में बोले, "ये मिर्ज़ा ग़ालिब हैं। शायर हैं। दुनिया की ख़बर कुछ कम ही रहती है इन्हें। बेचारे नहीं जानते कि नवाब साहब कैसी अहम शख़्सियत हैं।..."

"ऐ ये लो। ये नवाब कल्लन को ही नहीं जानते, जिनका सारे मुहल्ले में दबदबा है।" एक मुसाहिब उछल कर बोले, "कहीं बहुत दूर से तशरीफ़ लाए लगते हैं। कहीं आप शाहदरा से तो नहीं आए?"

"मुझे तो महरौली से आए लगते हैं।" दूसरा मुसाहिब बोला, "वहीं के लोग दिल्ली की मशहूरोमारूढ़ हस्तियों को नहीं जानते।"

"नहीं! रहने वाले तो ये भी खास दिल्ली के ही हैं।" मौलवी साहब ने बीच बचाव किया, "पर मैंने अर्ज़ किया न कि शायर हैं। अपने ख़्यालों की दुनिया में रहते हैं।"

"तो अपना मकान भी ख़्यालों की दुनिया में ही बनाया होता। मुई दिल्ली में क्यों आ बसे।" बी शबरातन ने कहा, "रहेंगे दिल्ली में और नवाब कल्लन मियां को नहीं जानेंगे। आखिर इनका गुजारा यहां कैसे होगा?"

"इसीलिए तो आपके कदमों के दीदार के लिए आए हैं।" मौलवी साहब बोले।

"जान जाएंगे। जान जाएंगे।" एक और मुसाहिब बोला, "जब ये अपने ख़्यालों की दुनियां से नीचे उतरकर, दिल्ली की सरग़मीन पर अपने

नाज़ुक क़दम रखेंगे, तो सख़्त ग़मीन इनकी एड़ियों और पंजों में चुभेगी तो इनकी आंखें अपनेआप खुल जाएंगी। वैसे नवाब साहब के आते ही लोगों के होश उड़ जाते हैं, आंखें कैसे बंद रह जाएंगी।"

"नवाब साहब की बात ही क्या, "एक और मुसाहिब बोला, "यह ख़्सूसियत तो दिल्ली की सरग़मीन में ही बहुत है कि यहां रहकर जिसने आंखें बंद कीं, उसका सिर क़लम हो गया...।"

मिर्ज़ा ग़ालिब से जैसे रहा नहीं गया। बोले, "सिर क़लम होगा या क़लम सिर हो जाएगी–उसे छोड़िए; आप यह बताने की तकलीफ़ तो गवारा करें कि नवाब साहब हैं कौन सी शख़्सियत।"

सहसा शबरातन क्रोध में आ गई, "बस! बहुत हुआ। अब आपको नवाब साहब की शख़्सियत का पता तो तभी चलेगा, जब वे आपका सिर कलम कर, आपकी खाल उतार कर, आपको भी अपनी दुकान पर बकरों के गोश्त के साथ टांग देंगे..."

तीन

मिर्ज़ा ग़ालिब को पसीना आ गया। वे हड़बड़ा कर उठ बैठे। वे अपने शयनकक्ष में अपने बिस्तर पर थे। पास ही बेगम लेटी हुई थीं।

"ओह! कैसा खौफ़नाक ख़्वाब था।" उन्होंने अपने आपसे कहा।

बेगम को अभी शायद नींद ही नहीं आई थी। बोलीं, "अय-हय। ऐसा भी क्या देख लिया?"

"मौलवी ग़ज़लहक़ मुझे एक जगह नौकरी दिलवाने ले गए थे।" मिर्ज़ा बोले।

"नौकरी दिलवाने ले गए थे, किसी कत्लगाह में तो नहीं ले गए थे।" बेगम ने हंसकर कहा।

"कत्लगाह ही समझो। वे मुझे एक मदर्से में मुदर्रिस बनवा रहे थे।"

"मुदर्रिस ही तो बनवा रहे थे", बेगम बोलीं, "कोई आपकी कमर में चपरास तो नहीं बंधवा रहे थे।"

"नहीं! मैं नौकरी नहीं करूंगा।"

"नौकर तो अब भी आप हैं ही—मुग़लों के हुए या अंग्रेज़ों के हुए।"

"अरे दरबार की नौकरी भी कोई नौकरी है!" मिर्ज़ा बोले, "जब इजलास हुआ, सजधज कर अपनी मुकर्रर जगह पर जा बैठे। किसी को आदाब अर्ज़ कर दिया, किसी को दुआ दे दी। बहुत हुआ तो दो चार शेअर बादशाह सलामत के हुज़ूर में पढ़ दिए। और फिर..."

"और क्या?"

"वहां तो मैं बादशाह के उस्ताद के तौर पर बैठता हूं।"

"यह ग़लतफ़हमी छोड़ दीजिए। आप एक ही वक्त पर नौकर और उस्ताद दोनों तो नहीं हो सकते।" बेगम ने कहा।

"क्यों महाभारत के द्रोणाचार्य दोनों नहीं थे क्या?"

"आपको लगता है कि द्रोणाचार्य उस्ताद रह गए थे?...यह तो वैसा ही है, जैसे अब भी आप बहादुरशाह ज़फ़र को बादशाहे हिंद मानते रहें।" बेगम हंसीं, "अच्छा! सच-सच बताइए, क्या आप अब भी बादशाह को ताजदारे हिंदुस्तान मानते हैं?"

"आप कहां सयासत ले बैठीं।" मिर्ज़ा ने कहा, "मुझे तो यह ग़म खाए जा रहा है कि असद शायर से मुदर्रिस हो जाएगा?"

"तो क्या बुरा है?" बेगम बोलीं, " मुदर्रिस भी तो उस्ताद ही होता है। लड़कों को शेक़ सादी का कलाम पढ़ाइएगा, फ़िरदौसी का कलाम पढ़ाइएगा। उन्हें पढ़ाते हुए, खुद भी पढ़िएगा, समझिएगा..."

"तुम्हारी बातों पर हंसूं तो बुरा मत मानना।"

"क्यों? इसमें हंसने की क्या बात है?" बेगम इतराईं।

"हंसने की बात नहीं है क्या? शायर खुद ऊंचा उठने के लिए पढ़ता है और मुदर्रिस शायर के कलाम की चीरफाड़ कर उसे तबाहोबर्बाद करने के लिए पढ़ता है।"

बेगम हंसीं, "क्यों ऐसा क्या किया बेचारे मुदर्रिस ने?"

"मुदर्रिस तो शायरी का कसाई है। खूबसूरत नज़्म को पहले हलाल करेगा और फिर उसकी बोटी-बोटी कर उसे अपने ग्राहकों को दिखा कर उन्हें ख़ुश करेगा—यह लफ़्ज अच्छा है। यह तसव्वुर खूबसूरत है, यह बात गहरी है। नज़्म गई भाड़ में।" मिर्ज़ा के मन में नवाब कल्लन की दुकान घूम गई।

“कसाई का काम तो आप कर रहे हैं।” बेगम हंस पड़ीं, “बेचारे अच्छे खासे मुदर्रिस को जिबह किए दे रहे हो। मुदर्रिस तो उस्ताद है। शायर उस्ताद नहीं होता क्या?”

“शायर तो वह उस्ताद होता है, जिसने नज़्मों की मूरतों को अपने बच्चों की तरह पाला है। वह उसकी रग-रग से वाकिफ़ होता है। बच्चा अंगुली भी हिलाए तो उसके अंदाज़ को देख कर भी मां समझ जाती है कि उसकी तबीयत ठीक नहीं है।”

“और मुदर्रिस!” बेगम ने दृष्टि को वक्र कर उनकी ओर देखा।

“मुदर्रिस तो मूरतों का वह व्यापारी है, जो खुद मूरत की असलियत को समझे बगैर, ग्राहक को समझा देता है कि मूरत की खासियत क्या है।” मिर्ज़ा बोले।

“आप उसके साथ ज़्यादती कर रहे हैं।”

“ज़्यादती नहीं कर रहा, सच बोल रहा हूं। जिन लड़कों को वह मदर्से में पढ़ाता है, वे न शायर को समझते हैं, न समझना चाहते हैं। ख़ुद मुदर्रिस के लिए शायर को समझना ज़रूरी नहीं है, ज़्यादा ज़रूरी तो लड़कों को बहका ले जाना है।”

“इसका क्या सुबूत है आपके पास?”

“मेरे पास सुबूत हैं पर वे शायर के सुबूत हैं।”

“शायर के सुबूत क्या बाग़ी लोगों के सुबूतों से अलग होते हैं?” बेगम कुछ हैरान हुईं।

“हां अलग ही तो होते हैं। बाग़ी लोगों के सुबूत चलते हैं दलील पर। दलील चलती है अल्फाज़ की गाड़ी पर। अल्फाज़ ठोस होते हैं, उनका जिस्म होता है।” मिर्ज़ा बोले, “शायर का सुबूत उसका अपना अहसास है, वह दलील पर नहीं चलता। वह तो क़ुदरत के बारीक और नफ़ीस इशारों को तखैयुल के रूप में अपने भीतर जज़्ब करता है, जैसे कोई धूप में बैठ कर धूप को अपने जिस्म में जज़्ब करे।”

“ यह सारी लफ़्फ़ज़ी है आपकी।”

“धूप में रहकर एक पौधा जल जाता है। उसी धूप में दूसरा पौधा लहलहाकर सूरज के रंग अपने पत्तों और फूलों में खिलाता है।...सूरज गदले पानी को सुखा कर कीचड़ बनाता है। झरने और बादलों के शफ़्फ़ाफ़ पानी

में वह अपनी रूह ढालकर इंद्रधनुष बनाता है। शायर का दिल वह साफ़ शफ़्फ़ाफ़ पानी है। वह तो क़ुदरत का आइना है। कभी-कभी मुझे लगता है कि मैं आंखें बंद कर, चुपचाप बैठ जाऊं, तो क़ुदरत की तरह-तरह की ताक़तें आ-आकर मेरे जिस्म में जज़्ब होती जा रही हैं। मेरे दिल का तलातुम ठहर जाता है, जैसे अंधड़ के बाद गर्द बैठ जाए और चश्मे का पानी आइने की तरह साफ़ हो जाए। तब उस आइने में क़ुदरत अपना तिलस्म खोलने लगती है। अल्फ़ाज़ नहीं होते, मैं कुछ सुनता नहीं, पर समझता हूं; तस्वीर नहीं होती, मैं कुछ देखता नहीं हूं, पर मैं महसूस करता हूं....''

''आप कहना क्या चाहते हैं—आप पैग़ंबर हैं, आपको अल्हाम होता है? आप मामूली इंसानों से अलग हैं, उनसे बेहतर हैं?''

''ये मिसायले तसव्वुफ़, यह तेरा बयान ग़ालिब! तुझे हम वली समझते, जो न बादाघर होता।''

''शायरों ने अपनी तारीफ़ करने के लिए बहुत कुछ उड़ा रखा है।'' बेगम हंसीं, ''कौन मानेगा आपकी इस बात को?''

''कोई माने या न माने, तुम्हारा मुदर्रिस नहीं मानेगा, क्योंकि उसे अल्फ़ाज़ ही दिखाई देते हैं, उनके भीतर का कुछ नहीं दीखता। कुंएं की जगत् दीखती है, कुंएं का पानी नहीं दीखता। उसके पास न तो अल्फ़ाज़ के पार जाने वाली नज़र है और न ही धूप जज़्ब करने वाला दिल।''

''मुदर्रिस को इतना गया बीता मत समझिए जनाब! आखिर वह भी लफ़्जों से ही खेलता है। उन्हीं के बीच जीता मरता है।''

''हां! कुछ तो है। मगर होशियार से होशियार मुदर्रिस भी शायरी की दुनिया की धाय ही तो है।...''

''धाय क्यों?''

''बच्चे पैदा होते भी देखे हैं धाय ने, ज़च्चा को तड़पते भी देखा है, पर कभी रत्ती भर दर्द का अहसास नहीं हुआ उसे। तुम्हारा मुदर्रिस भी धाय है। धाय कम से कम बच्चा पैदा होने में ज़च्चा की कुछ मदद तो करती है। मुदर्रिस तो उस वक्त ज़च्चा के पास पहुंचता है, जब वह उसे पैदा कर नहला धुला, कपड़े पहना, पालने में सुला, खुद आराम करने के लिए लेट चुकी होती है।''

''नहीं! जनाब मिर्ज़ा साहब! मुदर्रिस को इतना बुरा न समझिए। कमी

दरअसल मुदर्रिस में नहीं है। हां! कुछ ऐसे लोग मुदर्रिस बन जाते हैं, जिन्हें कुदरत ने दुनिया में तबीयत से कुंजड़े बना कर भेजा होता है। ऐसे कुछ हादसे तो कहीं भी हो सकते हैं।''

''अच्छा। सो जाएं। कहीं बहस में ही कोई हादसा न हो जाए।''

चार

शिवनारायण और मौलवी फ़ज़्लहक़ खैराबादी एक साथ ही मिर्ज़ा से मिलने आए। मिर्ज़ा अपने इन दो मित्रों को एक साथ देख कर कुछ डर से गए।

''क्या बात है मिर्ज़ा साहब! ''मौलवी साहब बोले, ''अपने दोस्तों को देख कर आपका रंग क्यों उर्फ़ गया है?''

''मियां! अब क्या कहें आपसे कि यह सोच कर कि आप लोग मुझे उस मदर्से में जाने को कहेंगे, मुझपर क्या गुज़र रही है।''

''खैर वह तो हम आपसे कहने आए ही हैं।'' मौलवी फ़ज़्लहक़ ने कहा, ''पर एक बात और कहनी है।''

''क्या?''

''खुलेआम मत जाइएगा कि सारे बाज़ार को पता लगे कि मिर्ज़ा ग़ालिब की सवारी जा रही है।''

''आखिर क्यों भाई?'' मिर्ज़ा बोले, ''हम पर्दानशीन कब से हो गए?''

''जब से आपकी गिरफ़्तारी का हुक्म नाफ़िल हुआ है।'' शिवनारायण बोले, ''यह न हो कि आप अपने गंतव्य पर पहुंचने के स्थान पर कोतवाली पहुंच जाएं।''

''ओह! यह तो हम भूल ही गए।'' मिर्ज़ा बोले, ''अब आप से हम सच कहें मौलवी साहब! कि जब से हमको मालूम हुआ है कि वह कुंजड़न शबरातन और वह कसाई नवाब कल्लन हमारी क़ाबलियत का इम्तहान लेंगे, तब से हमारे होश ही ठिकाने नहीं हैं।''

''आप वह सब भूल जाइए। वे सब अफ़वाहें हैं।'' शिवनारायण बोले, ''हम आपको किसी मदर्से में जाने को नहीं कह रहे। आप दिल्ली कॉलेज जा रहे हैं, जहां एक अंग्रेज़ टामसन आचार्य यानी प्रिंसिपल है। उसने कह

दिया है कि यदि मिर्ज़ा हमारे यहां फारसी पढ़ाएंगे तो उनकी काबलियत का इम्तहान लेने का अधिकार किसी को नहीं है। उनका कलाम ही उनकी काबलियत है। आपकी नौकरी पक्की हो चुकी। टामसन साहब वहां बैठे आपके आने की प्रतीक्षा कर रहे होंगे।''

मिर्ज़ा मुस्कुराते हैं, ''याने इस मुदर्रिस की इज़्ज़त शबरातन के हाथ में नहीं है।''

''आप फ़िक्र न करें।'' मौलवी साहब बोले, ''शबरातन के हाथ तौलेंगे तो सब्ज़ी ही तौलेंगे, आपकी काबलियत नहीं।''

पांच

टामसन साहब अपने कार्यालय में बैठे ऊपर से अपना काम करते दिखाई पड़ रहे थे, पर उनका सारा ध्यान मिर्ज़ा ग़ालिब की ओर लगा हुआ था। बड़ी मुश्किल से फारसी पढ़ाने के लिए इतना अच्छा अध्यापक मिला था। ग़ालिब को मनाना कोई आसान नहीं था। जो बादशाह की महफ़िल में बैठता हो। सारे साहित्य में पुराने उस्तादों की बराबरी का उस्ताद माना जाता हो, उसे एक कॉलेज के अनुशासन में बांधना आसान नहीं था। और अब तो उनके बंदी होने का भी संकट था। कोतवाल तुला हुआ था कि वह उनको कारागार की शक्ल दिखा कर ही रहेगा। टामसन साहब ने अपनी ओर से कोई कसर नहीं छोड़ी थी। उन्होंने ऊपर तक कहलवा दिया था कि यदि मिर्ज़ा अपने घर से दिल्ली कॉलेज आने के लिए निकलें, तो उनको बंदी न किया जाए। उनका ऋण चुकाने का कोई न कोई मार्ग निकाल लिया जाएगा। पर ग़ालिब अभी तक आए नहीं थे।

जब टामसन साहब से रहा नहीं गया तो उन्होंने घंटी बजाकर चपरासी को बुलाया। चपरासी ने आकर सलाम किया।

''मिर्ज़ा ग़ालिब की हवेली में जाओ और उनसे कहो कि हम उनका इंतज़ार कर रहे हैं।'' टामसन बोले, ''उनसे पूछो वे कब तक आएंगे?''

चपरासी चुपचाप अपने स्थान पर खड़ा रहा।

''क्या बात है, जाते क्यों नहीं?''

''हुज़ूर मिर्ज़ा ग़ालिब की पालकी तो कब से आई खड़ी है। न वे

पालकी से उतर रहे हैं और न पालकी फाटक के भीतर आ रही है।''

टामसन गंभीर हो गए। उनकी समझ में कुछ नहीं आया।

''मिर्ज़ा पालकी में आए हैं, तामझाम में नहीं?''

''नहीं हुज़ूर तामझाम में आते तो कोतवाल उन्हें रास्ते में ही गिरफ्तार कर लेते।''

''तो वे कॉलेज के भीतर क्यों नहीं आ रहे?''

''कह नहीं सकता सरकार!''

''किसी को भेजो। उनको लेकर भीतर आए।'' टामसन रुक गए, ''नहीं! ठहरो। मैं खुद जाकर देखता हूं कि मामला क्या है।''

टामसन आगे-आगे चला, चपरासी पीछे-पीछे। दूर से ही चपरासी ने ग़ालिब की पालकी की ओर इशारा कर दिया। टामसन आकर पालकी के पास रुक गए।

कहारों ने देखा कि एक अंग्रेज़ आकर पालकी के पास रुका है। उन्होंने पालकी का पर्दा उठा दिया।

''आदाब! मिर्ज़ा साहब।'' टामसन ने कहा।

''आदाब। आदाब।'' मिर्ज़ा पालकी से निकल आए, ''शायद आप ही यहां के प्रिंसिपल टामसन साहब हैं।''

''जी! बंदा ही टामसन है।'' प्रिंसिपल ने कहा, ''आप आकर यहां रुक गए हैं। कॉलेज में क्यों नहीं आ रहे?''

''आया तो मैं इसी से था, पर यहां फाटक पर मेरे इस्तकबाल के लिए कोई नहीं था।'' मिर्ज़ा बोले, ''ऐसे में मैं कॉलेज में कैसे आता?''

''इस्तकबाल!''टामसन कुछ हकलाए, ''पर कॉलेज के फाटक पर तो इस्तकबाल के लिए कभी कोई नहीं होता।''

''मैं पिछली बार एक महफ़िल के लिए आया था तो यहां बाकायदा मेरा इस्तकबाल हुआ था।'' ग़ालिब ने कहा।

''पिछली बार आप हमारे मेहमान बन कर आए थे। इसलिए आपके इस्तकबाल के लिए हम सब यहां थे। पर कॉलेज में नौकरी करने वालों का तो इस्तकबाल नहीं होता। वे अपने काम से आते हैं। काम करते हैं और वापस चले जाते हैं।''

''तो इसका मतलब यह हुआ कि कॉलेज में नौकरी करने से इज़्ज़त

कम हो जाती है।" मिर्ज़ा बोले, "उस्तादों की वह इज़्ज़त नहीं होती, जो मेहमानों की होती है।"

"यह तो ज़ाहिर ही है।" टामसन ने कहा।

मिर्ज़ा लौट कर अपनी पालकी में बैठ गए।

"चलो भाई!"उन्होंने कहारों से कहा।

"क्यों क्या हुआ मिर्ज़ा साहब?" टामसन ने हैरान होकर पूछा।

"मैंने तो आपके यहां नौकरी के लिए हामी इसलिए भरी थी कि आपके नामी कॉलेज में पढ़ाने से मेरी इज़्ज़त और बढ़ जाएगी।"

"देखिए, मुलाज़िम और महमान की इज़्ज़त एक जैसी तो नहीं हो सकती।" टामसन बोले, "अब तक आपका कलाम हमारे कॉलेज में पढ़ाया जाता है, पर जब आप कॉलेज के मुलाज़िम होंगे, तो आपका कलाम यहां पढ़ाया तो नहीं जा सकता।"

"आपके यहां पढ़ाने से यह ग़ालिब इतना छोटा आदमी हो जाएगा?"

"नौकरी करने पर आदमी अपने कलाम से नहीं, अपने ओहदे से जाना जाता है।"

"जले पर और नमक मत छिड़किए टामसन साहब!" मिर्ज़ा बोले, "ऐसी जगह कोई काम क्यों करे, जहां उसकी इज़्ज़त का जनाज़ा धूमधाम से निकाला जाता है।" वे कहारों की ओर मुड़े, "परदा गिरा दो मियां और हवेली चले चलो।"

कहारों ने परदा गिरा दिया था और पालकी उठा ली थी। टामसन खड़े के खड़े रह गए। शायद मिर्ज़ा धीरे-धीरे गुनगुना रहे थे–

हुए मर के हम जो रुस्वा, न हुए क्यों ग़र्क़े दरिया।
न कहीं जनाज़ा उठता, न कहीं मज़ार होता।

(9.12.2001)

कोठी

कार्यालय में घुसते ही ललित, बड़े बाबू बन गए—ललित खन्ना। वे अपनी कुर्सी पर विराजमान हो गए। माया, जो घर से चलते हुए उनकी पत्नी थी, कार्यालय में आते ही साधारण महिला क्लर्क बन गई किंतु वह अपनी सीट तक नहीं गई। बड़े बाबू के सामने ही खड़ी रही। ललित को यह पसंद नहीं था। लोग पहले ही शिकायत करते थे कि माया, उनकी पत्नी होने के कारण दफ्तर में पूरा काम नहीं करती थी। पति के पद का अनुचित लाभ उठाती है।...पर यह तो होना ही था। उन्हें विवाह के पहले यह सब सोचना चाहिए था।...

ललित ने उसकी ओर देखा, "अब यहां क्यों खड़ी हो? जाओ अपनी सीट पर। कोई काम नहीं है क्या?"

माया के तेवर ढीले नहीं हुए, "काम तो है, पर अपनी सीट पर नहीं। यहीं है।" ललित को माया के ऐसे तेवरों से घबराहट होने लगती थी। वह दफ्तर में बड़े बाबू के कमरे और अपने घर की रसोई में अंतर करना अभी तक नहीं सीख पाई।

उनकी आवाज कुछ तीखी हो गई, "क्या मतलब?"

"आफिस आते हुए, सारे रास्तें मुझे तुम्हारे कपड़ों से, शरीर से, पसीने से तंबाकू की गंध आती रही है। मुझे संदेह है कि मेरे मना करने के बावजूद तुम फिर से सिग्रेट पीने लगे हो।"

"मेरा विचार है कि तुम बस से ही आफिस आया करो।"

"क्यों? मोटर साइकिल पर अपने साथ लाने के लिए किसी और को चुन लिया है क्या?"

"मोटर साइकिल पर मुझ से चिपकी बैठी रहती हो और कभी तंबाकू

सूंघती हो कभी खैनी।'' ललित ने कहा, ''कल कहोगी, व्हिस्की की गंध आ रही थी या फिर किसी और महिला के परफ्यूम की।...मैं कोई सिग्रेट-विग्रेट नहीं पीता। अब तो सिगार ही पियूंगा और तुम यहां से अपनी सीट पर नहीं गईं तो फिर तुम्हारा खून ही पियूंगा।''

''तुम्हारी यह हसरत तो पूरी नहीं होगी।'' माया बोली, ''और न ही मैं बस पर आऊंगी। मैं बस में धक्के खाती आऊं और तुम मोटर साइकिल पर किसी लालमुनिया को सैर कराते हुए लाओ। यह बहाना नहीं चलेगा। मोटर साइकिल इसी शर्त पर खरीदी गई थी कि हम दोनों एक साथ आफिस आया करेंगे।''

''तो फिर अपनी नाक का इलाज कराओ। और अब जाओ अपनी सीट पर।'' ललित ने कहा, ''और तुम भी कुछ काम करो। तुम्हें सरकारी काम का वेतन मिलता है, पति से लड़ने का नहीं।''

''सरकारी काम बाद में करूंगी।'' माया बोली, ''पहले पत्नी का काम करूंगी।''

''क्या करोगी?''

''पहले तुम्हारी जेबों की तलाशी लूंगी। ब्रीफकेस टटोलूंगी। तुम्हारी मेज का ड्राअर देखूंगी।''

माया बोली, ''मुझे अपनी तसल्ली करनी है।''

ललित ने उसे पति की दृष्टि से देखा, ''यदि सिग्रेट की डिबिया नहीं मिली तो मुझे अपनी पसंद का परफ्यूम खरीदने दोगी, ताकि तुम्हें मेरे शरीर से तंबाकू या लहसुन-प्याज की गंध न आए?''

माया हंस पड़ी, ''टी. वी. के विज्ञापन देख-देख कर तुम्हारी बुद्धि भ्रष्ट हो गई है। तुम उस विदेशी परफ्यूम पर पैसा बहाना चाहते हो, जिसे विज्ञापनों वाली लड़कियां सूंघ-सूंघ कर आंखें बंद कर पराए पुरुषों से जा चिपकती हैं। तुम्हें हज़ार बार समझाया है कि वे लड़कियां उन नंगे मर्दों से नहीं चिपकतीं, वे तो उन पैसों से चिपकती हैं, जो उन्हें सुगंध निर्माता कंपनियां देती हैं।''

''अच्छा अब तुम जाओ और जाकर अपनी सीट से चिपक जाओ।'' ललित ने कहा।

''नहीं। पहले अपनी तलाशी दो।''

"नहीं। बिल्कुल नहीं। यह आफिस है, तुम्हें यहां मेरी आज्ञा का पालन करना होगा।

माया इतराई, "चलो बड़े आए आफिस वाले। आफिस है तो सिग्रेट पियोगे।"

माया कह कर ही नहीं टली। वह सचमुच तलाशी लेने के लिए पिल पड़ी। ललित ने स्वयं को बचाने और उसे रोकने का प्रयत्न किया। वह एक प्रकार से उस पर लद ही गई थी कि तभी रामलुभाया अपनी पत्नी दमयंती के साथ उनके कमरे के द्वार पर प्रकट हो गया।

सरकारी दफ्तर का यह दृश्य देख कर दमयंती की आंखें फट गईं, "हाय राम। यह दफ्तर है या चकला।"

रामलुभाया भी चुप नहीं रहा, "यह क्या हो रहा है, बड़े बाबू? सुना था कि आफिस में बड़े अफसर काम करने वाली लड़कियों से जबर्दस्ती करते हैं, पर आपने तो हद ही कर दी।"

माया ने दो अपरिचितों को इस प्रकार आया देखा तो उसे तलाशी स्थगित करनी पड़ी। वह हट कर एक ओर खड़ी हो गई।

ललित एक प्रकार के आक्रोश में बोला, "जबर्दस्ती मैं कर रहा हूं या यह कर रही है।" उसने स्वयं को संभाला, "और यह दफ्तर की लड़की नहीं, मेरी पत्नी है।"

"खैर पत्नी को तो अधिकार होता है जबर्दस्ती करने का।" रामलुभाया अनुभवी पति के समान बोला, "घर में नहीं कर सकी होगी, तो यहां कर रही है।"

"यह मेरी तलाशी ले रही है।" ललित ने अपनी सफाई दी।

"क्यों? क्या इन्हें संदेह है कि आप अपनी जेब में पराई स्त्रियां छिपाए फिरते हैं?" रामलुभाया खुल कर अनौपचारिक शैली में हंसा, "बड़ी भोली हैं। यदि आपने छिपाई होंगी तो अपने दिल में छिपाई होंगी, वहां तक इनकी पहुंच नहीं है। वहां तलाशी कैसे लेंगी।" वह माया की ओर मुड़ा, "व्यर्थ है बहन जी। वहां तो सी. बी. आई. भी नहीं पहुंच सकती।"

"हमारी पंचायत आप बाद में करें।" ललित का स्वर कटु हो गया, "पहले बताइए, आपका क्या काम है?"

"मेरा क्या काम है। काम तो आपका ही है।"

“क्या मतलब?”

“आपने ही पत्र लिख कर बुलाया है कि मैं आकर अपनी भविष्य-निधि के काग़ज़ों पर हस्ताक्षर कर जाऊं।... और आपने वही समय अपनी पत्नी को अपनी तलाशी का भी दे दिया। थोड़ा सा तो समय आगे पीछे कर देते।” ललित ने माया को क्रोध भरी दृष्टि से देखा। वह चुपचाप कमरे से निकल गई।

“तो आप रामलुभाया हैं?”

“जी। और यह मेरी पत्नी है—दमयंती देवी।”

“इन्हें साथ क्यों लाए हैं?”

“यह दिखाने के लिए कि सरकारी दफ्तरों में पत्नियां अपने पतियों की तलाशी कैसे लेती हैं।”

ललित का स्वर वक्र हो गया, “आप अपने दिल की तलाशी दे चुके, जिसमें पराई स्त्रियां छिपा रखी हैं?”

“यहां कोई और नहीं है जी। बस यही है—दमयंती देवी। चारों ओर यही है। आगे-पीछे, ऊपर-नीचे।”

दमयंती देवी पास खिसक आई। उसने हौले से संकेत भरी कुहनी मारी, “अब चुप भी करो। अपरिचित लोगों के सामने...”

ललित ने उसकी ओर ध्यान नहीं दिया। अपने स्वर को गंभीर बना कर उसमें सरकारी रौब पैदा करने का प्रयत्न किया, “रामलुभाया जी। मामला प्राविडेंट फंड का है। आपका नॉमिनी कौन है, यह जरा गोपनीय विषय है। आपको अकेले ही आना चाहिए था।”

“मैं ही कहां आना चाहती थी।” दमयंती देवी ने कहा, “पर मेरी सुनता कौन है।”

“तू चुप कर।” रामलुभाया ने अपना प्यार जताया और फिर वह बड़े बाबू से बोला, “यहां कुछ गोपनीय नहीं है जी। जिसके सामने दिल चीर कर धर दिया, उससे ये छोटी-मोटी बातें क्या छिपानी। यहां तो खुला खेल है जी फर्रुखाबादी।”

ललित की चिड़चिड़ाहट बढ़ रही थी। उसने सोचा इस आदमी को तो निपटा ही दिया जाए। बोला, “अच्छा तो मिस्टर रामलुभाया, ये आपके प्राविडेंट फंड के काग़ज़ हैं। इनको हम सरकारी डाक्यूमेंट मानते हैं। डाक्यूमेंट

समझते हैं न आप?" उसने रामलुभाया की ओर देखा, "सरकारी आलेख। दस्तावेज हैं ये। जरा सोच समझ कर हस्ताक्षर कीजिएगा। इनमें कोई और किसी प्रकार का संशोधन, परिवर्तन और परिवर्द्धन नहीं होता। बाद में मत कहिएगा कि मैंने तो पढ़ा ही नहीं था। या मुझे पढ़ना आता ही कहां है। मैंने तो बड़े बाबू के कहने पर हस्ताक्षर कर दिए।"

"नहीं। मैं इतना अनपढ़ भी नहीं हूं, जितना आप समझ रहे हैं।" रामलुभाया बोला, "सरकारी काग़ज़ हैं, कोई धर्मग्रंथ तो है नहीं कि बिना पढ़े माथा टेक दूं।"

ललित ने भी अपने मन को साधा, "वेरी गुड। चलिए तो आरंभ करें। आज आप जिन काग़ज़ों पर हस्ताक्षर कर रहे हैं, वे स्थायी काग़ज़ हैं। ये आपके जीवन भर लागू रहेंगे।...और...यदि भगवान न करें, बीच में ही आपका देहांत हो गया..."

"क्या, बेकार की बातें कर रहे हैं आप बड़े बाबू। "रामलुभाया का बेधड़क स्वर आया।

"क्या, हुआ?" ललित ने पूछा। "मुझे आपकी दोनों बातों पर आपत्ति है।"

ललित की समझ में कुछ नहीं आया। उसने दमयंती देवी की ओर देखा, "आप बैठ जाइए मैडम। कब तक खड़ी रहेंगी।"

दमयंती देवी ने कुछ नहीं कहा। चुपचाप कुर्सी पर बैठ गई।

ललित ने रामलुभाया की ओर देखा, "किन दो बातों पर आपत्ति है आपको?"

"जो आपने अभी कही हैं।"

"क्या कह दिया मैंने?" ललित कुछ झींक कर बोला।

रामलुभाया जैसे कमर कसे खड़ा था, "आपने कहा कि भगवान न करे कि मेरा देहांत हो। कहा कि नहीं?"

"कहा तो क्यो बुरा किया? आपके प्रति सद्‌भाव ही तो दिखाया।"

"सद्‌भाव तो ठीक है।" रामलुभाया बोला, "किंतु कितना अवैज्ञानिक है। कितनी अवैज्ञानिक बात कही आपने। वह भी सरकारी दफ्तर में। 'भगवान न करे का क्या तात्पर्य?' देहांत तो सबका होता ही है। मेरा भी होगा। और देखिएगा, आपका भी होगा। बड़े बाबू हैं, तो भी अपने देहांत

की फाइल नहीं दाब सकेंगे आप। न यह कह सकेंगे कि फाइल मिल नहीं रही है।''

ललित कुछ अटपटा गया, ''अरे भाई, मैंने तो केवल इतना ही कहा था कि बीच में ही, अर्थात् नौकरी की अवधि में ही आपका देहांत न हो जाए।''

''बीच में ही का क्या अर्थ?'' रामलुभाया शांत नहीं हुआ, ''देहांत तो अंत में होता है। जहां देहांत हुआ, वहीं अंत। आप अपने देहांत को बीच में मान कर, उतना ही लंबा जीवन और चाहेंगे, तो भी नहीं मिलेगा...''

ललित के मन की परेशानी, उसके चेहरे पर आ बैठी। पर उसने स्वयं को संभाला, ''अच्छा यह विवाद छोड़िए। पहले अपना फार्म भरिए।''

''बोलिए।''

''यह देखिए। यह कॉलम कहता है कि आपके दिवंगत हो जाने के पश्चात् भविष्य निधि की राशि किसे दी जाए? अर्थात आपका नॉमिनी कौन है?''

रामलुभाया बोला तो उसके स्वर में आक्रोश था, ''मेरी पत्नी को। और किसे देंगे आप? मुझे तो आपकी नीयत ठीक नहीं लगती। पूछ रहे हैं कि मेरी मृत्यु के पश्चात् यह राशि किसे दी जाए।''

''यह मैं नहीं पूछ रहा।'' ललित झल्ला कर बोला, ''सरकार पूछ रही है।''

रामलुभाया ने अपने आसपास देखा, ''मुझे तो कहीं दिख नहीं रही।'' फिर उसकी दृष्टि कुर्सी पर बैठी दमयंती देवी पर पड़ी, ''यहां तो मेरी ही सरकार बैठी है। यह कहां पूछ रही है।''

''मेरा अभिप्राय शासन से है। गवर्नमेंट। भारत सरकार।''

''बड़ी बौड़म है आपकी सरकार।'' रामलुभाया बोला, ''अरे यह भी कोई पूछने की बात है। किसको दी जाए। पत्नी के होते हुए और किसको देंगे? जरा देकर तो दिखाइए। खून पी जाएगी यह—आपका भी और आपकी सरकार का भी। देखने को ही भोली है...''

दमयंती ने आंखें तरेर कर उसे देखा, कहनी-अनकहनी सब कुछ बोल जाते हैं ये। वह भी सरकारी दफ्तर में।

''रामलुभाया जी।...'' ललित ने अपना धैर्य बनाए रखा।

“क्या रामलुभाया जी। अरे भविष्य निधि का पैसा कोई पड़ोसी की पत्नी को तो देकर जाएगा नहीं। यदि आप ऐसी कोई आशा पाल रहे हैं कि आपको या आपके परिवार में से किसी को गोद ले लूंगा, तो भूल जाइए। ऐसा मूर्ख नहीं हूं। देखने में चाहे जैसा भी लगता होऊं।...आपका क्या है। आप तो आफिस की लड़की को भी गोद में ले लेते हैं...मेरा मतलब है गोद में बैठा लेते हैं।”

ललित ने बुरा सा मुंह बनाया, “अरे आपका पैसा है, जिसको मन आए, दीजिए। काले चोर को दीजिए। हमें क्याह।...यहां उसका नाम लिखिए, जिसे भी देना है।”

रामलुभाया कलम लेकर लिखता है और साथ ही उच्चारित भी करता है, “दमयंती देवी।”

ललित अपनी तर्जनी अगले कॉलम पर रखता है, “संबंध?”

रामलुभाया लिखता भी गया और बोलता भी गया, “अत्यंरत मधुर। अत्यंत मधुर संबंध हैं हमारे। अंग्रेज़ी में कहते हैं न–कॉर्डियल रिलेशंस। वैसे ही संबंध हैं हमारे।”

ललित का स्वर बुरी तरह उखड़ गया, “सरकार पूछ रही है, ये क्या। लगती हैं आपकी?”

“मैं भी सरकार को ही बता रहा हूं महाशय।” रामलुभाया ने कहा, “आपको बता कर मुझे मिलना ही क्या है।”

“देखिए, आपने लिखा है मधुर संबंध। यह तो लिखा ही नहीं कि वे आपकी क्या लगती हैं।” ललित बोला, “सरकार की समझ में इससे क्या आएगा? साफ-साफ लिखिए कि वे क्या लगती हैं आपकी।”

“बड़ी बौड़म है सरकार आपकी।” रामलुभाया ने तड़प कर कहा, “इतना भी नहीं समझती कि सब कुछ वे ही तो हैं–देवी, मां, सहचरी, प्राण। पंत की कविता नहीं पढ़ी आपने?”

“सरकार की समझ में कुछ नहीं आया।”

“मेरे ही मुंह से सुनना चाहते हैं, तो सुन लीजिए। और कोई है ही नहीं, मेरे जीवन में। जो कुछ हैं, वे ही हैं।” रामलुभाया बोला, “फ़िल्मी शैली में कहूं तो वे ही मेरा जीवन हैं, मेरी प्राण हैं। जानूं हैं साहब।”

ललित ने झल्ला कर कलम पटक दी, ''ओह-हो। संबंध क्यों है, आपका उनसे?''

रामलुभाया न केवल शांत रहा, वरन् और भी रोमानी हो उठा, ''जन्म-जन्मांतर का संबंध है।...ऐसा संबंध, जिसका कोई नाम नहीं होता। प्यार को प्यार ही रहने दो, के तौल पर संबंध को संबंध ही रहने दो। उसे कोई नाम न दो।''

ललित के मन में आया कि इस दीवाने को पत्थर दे मारे किंतु शांति बनाए रखते हुए बोला, ''तो फिर पैसे को भूल जाओ। वह किसी के खाते में नहीं जाएगा।''

रामलुभाया की मस्ती मुरझा गई। स्वर भी धीमा हो गया, ''मेरे पैसे हैं, जिसके खाते में चाहूंगा, उसी के खाते में जाएंगे।''

ललित भी कुछ शांत हुआ, ''जब तक संबंध नहीं बताएंगे, रिश्तें को कोई नाम नहीं देंगे, पैसे कहीं नहीं जाएंगे। बताइए, आपकी मां हैं, बेटी हैं, बहन हैं?''

रामलुभाया घबरा गया, ''अरे नहीं, आप तो एकदम ही कबाड़ा किए दे रहे हैं। मेरी मां के देहांत को एक युग बीत गया। बहन और बेटी मेरा प्राविडेंट फंड क्यों लेंगी, उनके अपने पति नहीं हैं या वे मरेंगे नहीं?''

ललित उसी मशीनी ढंग से उदासीनतापूर्वक बोला, ''सखी है, पत्नी है, रखैल है?''

रामलुभाया एकदम तमतमा उठा, ''तुम अकादमी हो या...अपने ही समान समझ रखा है सबको। दफ्तर में तलाशी के बहाने लिपटन-लिपटाई करने वाले। हमारे पवित्र संबंध को बदनाम कर रहे हो।...मेरी धर्मपत्नी है। आपको कोई आपत्ति है?''

ललित का स्वर कुछ कोमल हो गया, ''आपत्ति होगी तो इनको होगी, जिन्होंने आपको वर्षों झेला है। मुझे क्यों होगी। यही बात आप आरंभ में भी बता सकते थे। पर तब तो आप आदमी नहीं, कवियों के भी पिताश्री बने हुए थे।''

''कवि आदमी नहीं होता क्यों?'' रामलुभाया ने झल्ला कर पूछा। ''उसे छोड़िए, कहीं कवि का मनुष्य स्थाापित करने के चक्कर में अपनी भविष्य निधि की राशि ही न गंवा बैठें।...'' ललित ने कहा, ''अब यह

बताइए कि ऐसी कौन सी स्थिति है, जिसमें भविष्य् निधि की राशि आपकी पत्नी को न दी जाए?"

रामलुभाया चकित दृष्टि से ललित को देखता रह गया।

"देने की भी पूछ रहा है और न देने की भी।" अंततः रामलुभाया बोला, "अरे भाई ऐसी कौन सी स्थिति हो सकती है। हो भी सकती है क्या? मेरी तो समझ में कुछ नहीं आता।"

"भगवान न करे, किंतु यदि आपसे पहले उनका देहांत हो जाए, तब?"

"यदि उनका देहांत हो जाए और आप यह धन उनको दे सकते हों तो अवश्य दीजिए। स्वर्ग में उनके काम आएगा।"

"स्वर्ग में भारतीय करंसी नहीं चलती।" ललित ने कहा, "और वहां भारतीय रिजर्व बैंक की शाखा भी नहीं है।...उसे छोड़िए, मृतकों को भविष्य निधि की राशि नहीं दी जाती। वह जीवित लोगों के लिए है।"

रामलुभाया हंस पड़ा, "जब आप यह सब जानते हैं तो फिर ऐसा मूर्खतापूर्ण प्रश्न पूछ ही क्यों रहे हैं?...यदि उनका देहांत मुझ से पहले हो जाता है, तो इसका अर्थ है कि मैं तो जीवित हूं। मैं नामित व्यक्ति का नाम बदल सकता हूं, पर बदलूंगा नहीं।"

"क्यों?"

"उस पैसे से मैं उसकी समाधि बनवाऊंगा। शाहजहां ने ताजमहल बनवाया तो उसे किसी ने रोक लिया क्या? वह उसकी भविष्यनिधि का पैसा ही तो था, जो मुमताज को मिलना था। पर वह उससे पहले ही चल बसी। किंतु शाहजहां ने पूरी ईमानदारी से मुमताज का पैसा उसे सौंप दिया। कौड़ी भी नहीं रखी उसने।...ताजमहल बनवा दिया...वह ताजमहल बनवा सकता था तो मैं समाधि भी नहीं बनवा सकता क्या?"

"चलिए समाधि बनवा दीजिएगा, पर पहले सरकार से पैसे की वसूली तो आप ही करेंगे न?"

"नहीं। समाधि बनवाने वाला ठेकेदार करेगा।"

"देहांत इनका हुआ है। आपका नहीं।" ललित बोला, "आप जीवित हैं और नौकरी कर रहे हैं। ऐसे में आप के सिवाय और कोई उस पैसे को हाथ भी नहीं लगा सकता। न ठेकेदार, न समाधि का पुजारी।"

सहसा दमयंती देवी तड़प कर बोली, "चुप भी करो जी। मुझ जीती जागती का सफाया करवा रहे हो।"

"अरे तो ये ऐसे बेकार के प्रश्न पूछ ही क्यों रहे हैं।" रामलुभाया ने कहा।

ललित कुछ पराजित सा हो गया था, "चलिए, दूसरी स्थिति वह हो सकती है, जब ये आपसे तलाक ले लें।..."

रामलुभाया ने उस पर एक गहरी दृष्टि डाली और बोला, "आप भविष्य निधि के अधिकारी न होते, या कोई और व्यक्ति ऐसा प्रश्न करता, तो पूछते ही एक जूता लगाता ससुरे के सिर पर।...अरे कोई भली महिला क्यों तलाक लेगी? साली अमरीकन है क्या? और दमयंती देवी तो बिल्कुल ही नहीं लेगी। दमयंती ने तो तब भी तलाक नहीं लिया था, जब उसका पति नल जूए में सब कुछ हार कर कंगाल हो गया था। अच्छा हो कि ऐसा प्रश्न पूछने वाले की पत्नी उससे तलाक भी न ले और किसी और के साथ भाग जाए।..."

"चलिए, यही सही।..." ललित ने अपनी जान छुड़ानी चाही।

"क्या यही सही," रामलुभाया का स्वर शांत नहीं हुआ, "कि दमयंती देवी किसी पराए पुरुष के साथ भाग जाए?"

ललित को लग रहा था कि कोई जोंक उसके शरीर से चिपक गई है और लगातार उसका रक्त पीती जा रही है। बोला, "नहीं। दमयंती देवी नहीं। चलिए, मेरी पत्नी यदि किसी पर-पुरुष के साथ भाग जाए, तो मेरा प्राविडेंट फंड किसे दिया जाए?"

"यह आप सोचिए, यह मेरा सिरदर्द थोड़ी है।" रामलुभाया फिर से मस्ती के झोंके का अनुभव कर रहा था, "आपकी वाली तो भगने-भगाने वाली टाइप लगती भी है।..."

दमयंती देवी से चुप नहीं रहा गया, "मैंने कहा जी, आप अपना मुंह बंद नहीं रख सकते?"

पत्नी के तेवर देख कर रामलुभाया कुछ ढीला पड़ा, "अच्छा अच्छा। मैं तो इतना ही जानता हूं जी, कि मेरी दमयंती तो किसी और की ओर देखेगी भी नहीं। भगने-भगाने का तो प्रश्न ही नहीं उठता..."

ललित अपना काम भूल कर रामलुभाया के संवाद में बह गया।

रामलुभाया ने उसकी पत्नी के विषय में ऐसी बात जो कह दी थी, "आपको इतना विश्वास कैसे है?"

"अरे चार डग उठाती है तो हांफ जाती है। मेरे साथ चल तो सकती नहीं, किसी और के साथ भाग कैसे जाएगी?...और हां। वह मुझसे तलाक भी नहीं लेगी। अब आप कारण मत पूछिएगा।"

"हम कब चाहते हैं कि आपका तलाक हो।" ललित ने कहा, "पर आप कल्पनाशील व्यक्ति हैं। कल्पना कीजिए कि यदि ऐसी स्थिति आ जाए, तो आप क्या चाहेंगे? क्या आपके प्राविडेंट फंड का पैसा उनको दे दिया जाए?"

रामलुभाया कुछ गंभीर हो गया, "वैसे तो, ऐसी स्थिति आई, तो मैं नामांकन बदल सकता हूं, बदल दूंगा। उसमें कठिनाई क्या है?..." वह रुका, "पर जैसा कि आपने अभी कहा है कि मैं कल्पनाशील व्यक्ति हूं। मेरी कल्पना में एक दृश्य जागता है, दमयंती देवी ने मुझसे तलाक ले लिया है, क्योंकि वह किसी और से विवाह करना चाहती है।...नहीं तो क्यों लेगी वह तलाक?"

ललित के मन में एक वाक्य गूंज रहा था, "तुम जैसे बौड़म से मुक्त होने के लिए।" किंतु उसने कहा नहीं। दमयंती आतुर होकर बोल उठी, "हैं जी। क्यों करना चाहूंगी, मैं किसी और से विवाह?"

"अरे नहीं तो तलाक ही क्यों लोगी–कंपनी बाग की सैर करने के लिए?"

"पर मैं तलाक ले ही कहां रही हूं?"

"तू चुप कर री।" रामलुभाया बोला, "मैं समझता हूं, तेरी बात। पर अब प्रश्न कल्पनाशीलता का है। मैंने कल्पना न की तो यह बड़ा बाबू समझेगा कि मैं कल्पना नहीं कर सकता।..."

"आप कर लें मुई कल्पना से विवाह।" दमयंती बोली, "मैं किसी और से कल्पना करना क्यों चाहूंगी।"

ललित चौंका, कहीं रामलुभाया भी वही तो नहीं समझ रहा, जो दमयंती समझ रही है। इससे पहले कि बात आगे बढ़े, यहीं स्पष्ट कर देना अच्छा है, "यह कल्पना किसी लड़की का नाम नहीं है।"

"कल्पना को छोड़ भागवान्। अमरीकनों की देखा-देखी क्या पता तेरा भी मन बदल जाए।"

"फालतू की बातें मत करो।" दमयंती बोली, "तुम्हारा मन अमरीकनों के समान बदल रहा है क्या? कोई गोरी पसंद आ रही है?"

"अरे कैसी बातें कर रही हो।" रामलुभाया घबरा गया, "मुझे तो लगता है कि इस आफिस की हवा ही गंदी है। यहां आते ही लोगों के मन में कलुषित विचार आने लगते हैं।"

"अभी तो मना कर रहे हो, पर मैं बता दूं, यदि तुमने ऐसा कुछ कर भी लिया न, तो वह चौथे ही दिन, तुम्हारा घर बुहार कर, बिस्तर लपेट कर चल देगी। वह माल लेकर चल देगी और मैं गले में फंदा डाल कर छत से लटक जाऊंगी। तुम अपने फंड से अपनी ही समाधि बनवाते रहना।"

ललित को यह झगड़ा निबटता नहीं लग रहा था। बोला, "मेरा आप से निवेदन है कि इन्हें बाहर वरांडे में बैठा आइए। नहीं तो आप आपस में झगड़ते रहेंगे और यह फार्म कल शाम तक नहीं भरा जाएगा।"

"मैं तो साथ आ ही न रही थी।" दमयंती ने कहा, "ये ही घसीट लाए कि दफ्तर में दो मिनट का तो काम है। काग़ज़ जमा करा कर, बाज़ार में चाट-पकौड़ी खाएंगे। मैं क्या जानती थी कि सरकार भी ऐसे झमेले वाले काग़ज़ मांगती है।"

"दमयंती देवी। आप बाहर चलिए।" ललित बोला, "छाया में बैठ कर ठंडा पानी पीजिए। इच्छा हो तो चाट-पकौड़ी खाइए। पर आप यहां से हट जाइए। नहीं तो यहां मेरा ताजमहल बन जाएगा।"

रामलुभाया को यह प्रस्ताव पसंद नहीं आया। बोला, "अरे वाह। अपनी वाली को तो इसलिए भगा दिया, क्योंकि वह लिपटन-लिपटाई कर रही थी। मेरी दमयंती ने क्या किया है कि उसे भगा रहे हो। बेचारी शांति से तुम्हारी बताई हुई कुर्सी पर बैठी है। इस बेचारी ने तो मुझे कानी अंगुली तक से नहीं छुआ।"

ललित कुछ कहता, उससे पहले ही दमयंती तड़प कर बोली, "मैं तो अब यहां से हिलती भी न। जाने तुम क्या ऊटपटांग पूछो और ये क्या उल्टा-सीधा बताएं। न बाबा न। मैं अपनी जिंदगी खराब न होने दूंगी।"

"अरे तू काहे घबराए है।" रामलुभाया बोला, "मैं कोई मूरख हूं कि तुझे छोड़ किसी और को कुछ दे दूं। मैं क्या तेरी ज़रूरत न समझूं।" ललित की ओर मुड़ जाता है, "आप पूछो जी, जो कुछ पूछना है।"

“यदि ये आपसे तलाक ले लें, तो क्या आप अपना प्राविडेंट फंड इन्हें ही देना चाहेंगे?”

“क्यों न देना चाहूंगा? आप ही बताइए क्यों न देना चाहूंगा। कोई कारण है?”

“कारण तो यह है, “ललित बोला, “जब ये आपकी पत्नी ही न रहीं, तो आप अपना प्राविडेंट फंड इन्हें क्यों देना चाहेंगे?”

“अरे आप ही ने तो कहा था, “रामलुभाया ने कहा, “कि यदि ये किसी और पुरुष से विवाह करना चाहेंगी, तो ही तो मुझसे तलाक लेंगी न।...”

“अजी कैसी बेकार बातें कर रहे हो।” दमयंती का हृदय उमड़-उमड़ कर बाहर आ रहा था। यह सब सुनने से पहले ही वह मर क्यों नहीं गई, “बच्चे सुनेंगे तो क्या कहेंगे। सारा समाज थू-थू करेगा। मुझे तो तुम कहीं मुंह दिखाने लायक नहीं छोड़ोगे।”

“तू चुप बैठी रह।” रामलुभाया ने उसे डांटा, “पहले मुझे इस भविष्य निधि बाबू से निबट लेने दे।”

हाथ में कुछ फाइलें पकड़े माया ने कमरे में प्रवेश किया। उसने आश्चर्य से देखा, “अरे ये लोग अभी यहीं हैं। मैंने तो समझा था कि इनका काम कब से हो गया होगा और ये लोग चले गए होंगे। बड़े बाबू आप भी...” रामलुभाया को जैसे कोई सहारा मिल गया। बोला, “सरकारी दफ्तर में कभी कोई काम जल्दी हुआ भी है। पीसते रहेंगे किंतु मजाल है कि गेहूं पिस कर आटा बन जाए।”

“मुझे भी लग रहा था कि यहां कोई रोचक नाटक चल रहा है।” माया की मुस्कान वक्रता लिए हुए थी।

“नाटक नहीं, काम चल रहा है।” ललित भी कुछ तीखे स्वर में बोला, “तुम अपनी बात कहो, क्या करने आई हो?”

माया इठलाई, “कुछ पत्रों पर बड़े बाबू के ऑटोग्राफ चाहिए।”

“लाओ।” ललित ने फाइल पकड़ने के लिए अपना हाथ बढ़ा दिया।

माया ने फाइल नहीं पकड़ाई। आकर उसके साथ लग कर खड़ी हो गई और एक-एक काग़ज़ उसके सामने रखती चली गई। ललित उन पर हस्ताक्षर करता चला गया। यह समय माया से हुज्जत करने का नहीं था।

माया काग़ज़ समेट कर बड़ी शालीनता से बाहर चली गई। वरांडे में पांच-सात कदम चल कर वह रुकी और दबे पांव लौट कर ललित के कमरे की ओर लौट आई। वह दरवाजे की ओट में खड़ी हो गई। वह सुनना चाहती थी कि आखिर यहां हो क्या रहा है।

"हां हम क्या कह रहे थे?" ललित ने टूटा तार जोड़ने का प्रयत्न किया, "हां, यदि ये किसी अन्य पुरुष से विवाह करना चाहें तो भी आप अपना प्राविडेंट फंड इन्हें ही देना चाहेंगे?"

"वह दूसरा जना, जिससे यह ब्याह करना चाहेगी, इसे ऐसे ही डोली में बैठा कर ले जाएगा क्या?" रामलुभाया गंभीरता से बोला, "कुंवारी छोरी से तो कोई बिना दहेज के ब्याह करता नहीं, इस छोड़ी हुई से वह बिना दहेज के ब्याह कर लेगा? ढेर सारा दहेज मांगेगा। ढेर सारा। छोड़ी हुई से ब्याह करने पर तो कुंवारी से ब्याह करने वाले की तुलना में अधिक दहेज मिलना चाहिए...।

"दूसरे विवाह के लिए तलाक, तो प्रेम के कारण होता है। वह प्रेम-विवाह होगा तो छोरा दहेज कैसे मांग सके है।" ललित ने अनजाने ही प्रेम-विवाह का पक्ष ले लिया।

"अरे प्रेम तो यह करेगी न उससे। नहीं तो मुझसे तलाक क्यों लेगी।" रामलुभाया ने अपना पक्ष प्रस्तुत किया, "वह ससुरा थोड़ी इससे प्रेम करेगा। वह तो दहेज के लिए विवाह करेगा।"

"तो?" ललित ने पूछा। "यह रोएगी, धोएगी, प्रार्थना करेगी, हाथ जोड़ेगी, पर उस आदमी का मन थोड़ी पसीजेगा। किसी का नहीं पसीजता। सब साले दहेज मांगते हैं।"

"क्या बके जा रहे हो जी? मैं कोई तलाक न ले रही। न मुझे इस बुढ़ापे में किसी और से विवाह करना है।"

"अरे तू चुप कर। मैं जानता हूं, जवान होती तब भी न करती।" रामलुभाया ने कहा, "पर अभी इससे निबट लेने दे। सरकारी काग़ज़ हैं, जाने क्या लिख दे।"

"तो क्या लिखना है फार्म में?" ललित ने पूछा।

"पहले बात का फैसला तो हो लेने दो, बड़े बाबू।" रामलुभाया ने उत्तर दिया, "फिर फारम भी भर लेंगे।"

“बोलो।” ललित ने कहा और सिर खुजलाने लगा।

“जवान होती, कुंवारी होती तो इसके मायके वाले इसका दहेज जुटाते।” रामलुभाया बोला, “पर अब इसके मायके में कौन बैठा है, जो इसका दान-दहेज जुटाएगा? तो क्या तीन कपड़ों में ब्याही जाएगी, मेरी दमयंती देवी?”

“हो सकता है, वह कोई भला आदमी हो, जो बिना दहेज के ही विवाह कर ले।” ललित बेमतलब ही बोल पड़ा।

“ऐसे भले आदमी की प्रतीक्षा में बैठी रही तो हो चुका इसका दूसरा विवाह।” रामलुभाया बोला, “बुढ़ापे में तो यह काम फटाफट होना चाहिए। जो मिल जाए, उसी से कर ले। दहेज मांगे तो दहेज दे दे। नहीं तो हाथ आया वह भला आदमी कहेगा, ‘एक तो परित्यक्ता से विवाह करो, वह भी बिना दहेज के। न बाबा न। मैं ऐसे घाटे का सौदा नहीं करता।’ रामलुभाया की आंखों में आंसू आ गए, गला रुंध गया, “मैं तो इसकी वह दशा सोच-सोच कर ही मरे जा रहा हूं। मेरा हृदय पानी-पानी हो गया है। चाहे कल्पना में ही सही, पर अपनी पत्नी को हाल-बेहाल देख कर, मेरा मन पसीज गया है।...इसलिए यदि यह मुझसे तलाक ले भी लेती है, तो भी भविष्य निधि की राशि इसी को दी जाए।” रामलुभाया ने अपने आंसू पोंछ लिए। मन में आया कि आगे बढ़ कर दमयंती की पीठ थपथपा कर उसे सांत्वना भी दे दे। किंतु वैसा उसने किया नहीं।

ललित अपने स्थान से उठने को ही था, “अरे वह आपसे तलाक लेगी, तो गुजारा भत्ता इत्यादि भी तो लेगी।...उस पर भी आप चाहते हैं कि भविष्य निधि का पैसा भी उसी को दे दिया जाए। कैसे विचित्र आदमी हैं आप?”

“मेरे मन में एक कही बात आती है बड़े बाबू। आप एकदम सरकारी आदमी हैं। आप किसी परित्यक्ता के मन की पीड़ा नहीं समझ सकते।”

“अरे जो तलाक लेती है, वह परित्यक्ता नहीं होती।”

“न होती हो।” रामलुभाया तड़प कर बोला, “परित्यक्ता न सही, तलाकशुदा सही। तलाक लेगी तो दूसरा विवाह नहीं करेगी क्या?”

“अवश्य करेगी, नहीं तो तलाक लेने का लाभ ही क्या।” ललित सहमत हो गया, “विधवा आश्रम में रहने के लिए तो किसी महिला ने आजतक तलाक

लिया नहीं। पर हां, वैसे तो नहीं होता किंतु अनाथ आश्रम वाले कभी-कभी बिना दहेज के भी विवाह करवा देते हैं–समाज-सुधार के नाम पर।''

''आप मेरी पत्नी का विवाह अनाथ आश्रम वालों के माध्यम से करवाना चाहते हैं। वह भी समाज सुधार के नाम पर? मेरे घर का तो हुआ ही हुआ, आप मेरे स्तर का भी सत्यानाश करके ही छोड़ेंगे। नहीं। अनाथ आश्रम नहीं। दमयंती देवी, मेरे जीते जी अनाथ नहीं है।''

''फिर तो प्रेम-विवाह ही एक मात्र रास्ता है–वह भी बिना दहेज के।''

''नहीं। अब दमयंती देवी किसी से प्रेम नहीं करेगी। मुझसे प्रेम-विवाह किया है न।'' रामलुभाया बोला, ''यदि मुझसे तलाक लेगी, तो तब ही लेगी, जब उसका प्रेम-विवाह से भ्रम टूट जाएगा। दूसरी बार वह प्रेम-विवाह करने की भूल क्यों करेगी?''

''तब तो बिना दहेज के विवाह नहीं होगा।'' ललित उससे सहमत हो गया। ''तो वह दहेज क्या तेरा बाप देगा?'' रामलुभाया बोला, ''दमयंती देवी को दहेज के लिए पैसों की आवश्यतकता होगी। अतः मेरी भविष्य निधि का पैसा उसे ही दिया जाए।''

''तो फिर लिखो यहां कि प्राविडेंट फंड का पैसा दमयंती देवी को ही दिया जाए।'' ललित ने कहा, ''वह मेरी पत्नी रहे, न रहे, मुझसे तलाक ले ले अथवा मेरी हत्या कर दे किंतु प्राविडेंट फंड उसी को दिया जाए।...''

रामलुभाया चौंका, ''हत्या कर दे, तो क्यों?''

''अरे तुम्हारी हत्या कर देगी तो पुलिस उसे पकड़ लेगी। मुकदमा चलेगा। तो वकील की फीस, पुलिस वालों की रिश्वत, जज का नजराना–क्या तुम्हारा बाप देगा? प्राविडेंट फंड का पैसा उसे मिलेगा, तभी तो मुकदमा लड़ पाएगी।'' रामलुभाया ने विस्मय से उसे देखा, ''बड़े बाबू, तुम तो सचमुच ही बड़े ही इंटैलिजेंट आदमी निकले। मेरा विचार है कि तुमको यह नौकरी अपनी योग्यता पर ही मिली है। मैं तो तुम्हें एकदम ही बौड़म समझे बैठा था।...लाओ, लिख दूं और बताओ, कहां-कहां हस्ताक्षर कर दूं।''

''ठहरो। ठहरो। एक मिनट रुक जाओ।'' ललित बोला, ''जल्दी मत मचाओ। जल्दी काम शैतान का।''

''क्यों अब क्या हो गया?''

"एक आइडिया आया है।"

"क्या?"

"अब तक की सारी बात आपके जीवित रहते तलाक लेने और दूसरी शादी करने की थी।" ललित बोला, "अब स्थिति भिन्न है। आप गुजर गए हैं। मेरा तात्पर्य है कि आपका तो हो गया देहांत। दमयंती देवी को आपका प्राविडेंट फंड मिल गया। उसके पश्चात् उन्होंने किसी और से विवाह कर लिया तो?"

"तो?" रामलुभाया ने पूछा।

"तो भी फंड इन्हीं को मिले?" ललित बोला, "भई, तब वे आपकी विधवा नहीं, किसी और की ब्याहता होंगी।" "अरे अब चलो भी।" दमयंती व्याकुल होकर बोली, "मेरी कितनी दुर्दशा करवाओगे?"

"थोड़ी देर और धैर्य रख। काम हो जाने दे। चाट-पकौड़ी कहीं भागी नहीं जा रही।" रामलुभाया ललित की ओर मुड़ा, "हां बड़े बाबू। ऐसे में तो दो ही काम हो सकते हैं।"

"क्या?"

"या तो सरकार मुझे फिर से जीवित कर दे, ताकि इनके द्वारा फंड का पैसा लेना ही असंवैधानिक हो जाएगा या फिर आप दमयंती देवी से पैसा वापस ले सकें।"

"देखिए, एक तो मैं किसी मृतक को जीवित नहीं कर सकता। सरकार भी नहीं कर सकती।" आवाज दबा लेता है, "मैं यदि कर सकता तो आप जैसे सिर फिरे को नहीं करता।"

"क्या कहा?" "यदि आप पुनर्जीवित हो गए, तो माना जाएगा कि जीवित व्यक्ति की मौजूदगी में फंड का पैसा उसकी पत्नी को दे देने में कोई घपला हुआ है।"

"विशेषकर, जब उसका चरित्र आप जैसा हो।" रामलुभाया ने कहा, "मेरा मतलब है, लिपटन-लिपटाई वाला।"

"मेरा चरित्र छोड़िए, आप अपना पैसा संभालिए।" ललित ने कहा, "प्राविडेंट फंड का एक बार भुगतान कर देने के बाद फिर से पैसा वसूलने का कोई प्रावधान सरकारी नियमों में नहीं है। दे दिया तो दे दिया।"

"तो मुझे ही कहां पुनर्जीवित कर सकते हो।"

"हां, वह भी सरकार के बस में नहीं है।" ललित ने कहा, "तो फिर

रहने ही देते हैं। इस कॉलम को भरो ही मत। नॉट एप्लिकेबल। हम मान लेते हैं कि आपका फंड हर हालत में दमयंती देवी को ही दिया जाएगा।"

दमयंती देवी के चेहरे पर चमक आ गई, "कर ली न सारी कोशिश। नहीं छीन पाए न मुझसे पैसा।"

"अरे माता जी", ललित कुछ अटपटा कर बोला, "मैं कहां छीन रहा था आपका पैसा।"

अब दमयंती देवी ने अपना क्रोध दिखाया, "चुप कर मुए। मुझे माता जी कहता है। मैं तुझे माता जी लगती हूं। मैडम नहीं कह सकता।" उपेक्षा से उसने अपना चेहरा फेर लिया।

इस बार माया ने कमरे में झांका तो ललित अकेला बैठा काम कर रहा था। वह दबे पांव कमरे में घुस आई, "तो गए वे लोग?"

ललित ने सिर उठाया, "हां। एट लास्ट। बहुत सिर खाया उस ईडियट ने।"

माया ने कुर्सी खींची और उसके सामने बैठ गई, "तो फिर आज हमारा भी फैसला हो ही जाना चाहिए कि तुम मुझसे प्यार करते हो या नहीं।"

"कोई जांच आयोग बैठाने का इरादा है क्या?" ललित ने उसे हंसती हुई आंखों से देखा।

"नहीं। पर मैंने उसको देखा है, जिसे तुम ईडियट कह रहे हो। कितना प्यार करता है वह अपनी पत्नी से।" माया बोली, "अब तुम्हारी बारी है कि तुम अपना प्यार प्रमाणित करो।"

"घर पहुंच कर करूंगा।"

"नहीं। अभी। यहीं।"

"यहां ऐसा कुछ नहीं हो सकता।" ललित गंभीरता से बोला।

"यहीं हो सकता है।" माया हठपूर्वक बोली, "और केवल यहीं हो सकता है।"

"क्या करूं?" ललित ने उसकी ओर देखा।

"अपने प्राविडेंट फंड के काग़ज़ निकालो। उनको निरस्त करो। नया फार्म भरो।" माया बोली, "उसमें लिखो कि हमारे तलाक और पुनर्विवाह की स्थिति में भी तुम्हारा फंड मुझे ही मिले।"

ललित की आंखें फट गईं, "तुम्हारा सिर फिर गया है क्या?"

"नहीं। अब तक फिरा हुआ था। अब तो होश में आई हूं।..." माया बोली, "या फिर प्राविडेंट फंड में से लोन लेने का अधिकार मुझे दो, जैसे वह हमारा संयुक्त खाता हो।"

ललित ने उसे गंभीरता से देखा, "पहली बात तो यह है कि ऐसा कोई नियम नहीं है। दूसरी बात, क्या तुम वही सब मेरे लिए कर सकती हो? अपना फ्लैट मेरे नाम लिख सकती हो?"

"अच्छा, मुझे लूट कर एकदम ही बेसहारा कर देना चाहते हो। यह तुम्हारे प्रेम का प्रमाण है?"

"और जो तुम चाहती हो, वह तुम्हारे प्रेम का प्रमाण है?" ललित बोला, "मेरे हाथ-पैर काट कर एकदम ही अपंग बना देना चाहती हो।"

"तो फिर मैं जा रही हूं।"

"हां जाओ, अपनी सीट पर जाओ। दफ्तर का समय अपना प्यार जताने अथवा उसका प्रमाण मांगने का नहीं होता।"

"नहीं, सीट पर नहीं जा रही हूं।"

"तो।"

"उस ईडियट रामलुभाया के घर जा रही हूं।"

"क्योंकि?"

"या तो उसको तैयार करूंगी कि वह मुझे से विवाह कर, अपना फंड मेरे नाम कर दे, या फिर उसको एक बड़ी सी बीमा पॉलिसी दूंगी और उसकी नॉमिनी स्वयं बन जाऊंगी।"

"पागल हो गई हो एकदम।"

"हां। हो गई हूं।" माया ने कहा, अपना बैग उठाया और कमरे से बाहर निकल गई।

रामलुभाया के घर फोन की घंटी बजी। उसने उसका रिसीवर उठाया और चैन से कुर्सी पर बैठ गया, "हां हैलो।...बोलो, मैं रामलुभाया बोल रहा हूं।...क्या? कौन सा प्लॉट? अरे भैया , मैंने कोई कोठी बुक नहीं कराई है। गलत नंबर मिल गया है आपका..."

साथ के कमरे में दमयंती के कानों में प्लॉट और कोठी जैसे शब्दों।

की भनक पड़ गई। वह झपटती हुई आई और रिसीवर अपने हाथ में ले लिया। बोली कुछ नहीं। जो कुछ उधर से कहा जा रहा था, उसे सुनती रही।

सहसा वह बोलने लगी, ''हां। हां। रामलुभाया जी का ही घर है। कोई गलती नहीं हुई आपसे।...तो कोठी के काग़ज़ तैयार हैं? हां , मैं माया देवी ही बोल रही हूं। मेरे नाम पर कोठी खरीदी है। ठीक है। फ्लैट मुन्नी बाई के नाम है? हां, वह हमारी नौकरानी है। उसे छोटा फ्लैट ही चाहिए।... ठीक है, हम शाम तक आ जाएंगे। बाकी पेमेंट भी कर देंगे। नहीं। नहीं। आपको कोई परेशानी नहीं होगी। रोकड़ा देंगे भाई। आप परेशान न हों।''

रामलुभाया स्तब्ध-सा उसके पास खड़ा सब सुनता रहा। वह रिसीवर रख कर उसकी ओर मुड़ी तो रामलुभाया ने फटी सी आंखों से उसे देखा, ''यह सब क्या है?''

''पहले तुम बताओ, कौन है यह माया देवी?'' दमयंती का स्वर कठोर था।

रामलुभाया चकित रह गया। बोला, ''मैं क्या? जानूं। अभी तुम ही तो फोन पर उसे बता रही थी कि तुम माया देवी हो।'' ''नहीं तो क्या कहती कि मैं दमयंती देवी हूं। रामलुभाया जी की पत्नी हूं। वे माया देवी और मुन्नी बाई के नाम से कोठी और फ्लैट खरीद रहे हैं। वे दोनों रखैलें हैं उनकी।'' रुक कर उसने रामलुभाया को घूरा, ''कौन है यह माया देवी और मुन्नी बाई? सच-सच बता दो, नहीं तो मुझसे बुरा कोई नहीं होगा।''

''अरे भाई कह तो दिया कि मैं नहीं जानता।'' रामलुभाया बोला, ''मैंने उसे भी कह दिया था कि गलत नंबर मिल गया है।''

''जब मैंने सुन लिया तो यही तो कहना था उसे। कौन है यह माया?'' दमयंती देवी ने कुछ और प्रबल स्वर में कहा, ''वह दफ्तर वाली या कोई और?...मैं भी कहूं कि इतना प्यार क्यों उमड़ रहा है कि मुझे तलाक भी दिलवा रहे हैं, मेरा दूसरा ब्याह भी करवा रहे हैं और उसके लिए अपने फंड में से पैसे भी दे रहे हैं।...''

दमयंती आकर रामलुभाया के सामने खड़ी हो गई। उसने अपनी कमर पर हाथ रख लिया और चेतावनी के स्वर में बोली, ''सच-सच बता दो, नहीं तो तुम्हारे अफसर को भी बता आऊंगी और तुम्हारे दफ्तर को भी।''

उसकी मुद्रा प्रचंड हो गई, "...और अपने भाइयों को बुलवा कर तुम्हारी हड्डियां भी तुड़वा दूंगी।"

रामलुभाया कुछ हकला सा गया, "पागल हो गई हो दमयंती। एक प्रापर्टी डीलर के गलत फोन के आ जाने से मुझ पर इतना संदेह कर रही हो। मुझे पिटवाने की धमकियां दे रही हो। और एक मैं हूं कि अपना सब कुछ तुम पर न्यौछावर कर रहा हूं—मेरे साथ रहो, तो भी और न रहो तो भी।"

"वह तो मैं समझ ही रही हूं। जब माया देवी के लिए कोठी खरीदी जाएगी और मुन्नी बाई के लिए फ्लैट, तो मुझे साथ रखना क्यों चाहोगे। पर तुम्हारे पास इतना पैसा आया कहां से? नई गाड़ी लेने को कह रही थी तो अपनी कंगाली बखानने लगे थे...और अब यह कोठी...बंगला..."

"ठहरो । ठहरो। मेरी समझ में कुछ तो आ रहा है।..."

"क्या समझ में आ रहा है?" दमयंती ने पूछा।

"तुमने मेरे सामने प्रापर्टी डीलर से कहा कि तुम ही माया देवी हो। तुम्हारे पास इतना पैसा कहां से आया कि संध्या समय तक उसे रोकड़ा देने का वचन दे रही हो।..."

रामलुभाया बोला, "वह फोन मेरे लिए नहीं, तुम्हारे लिए ही रहा होगा। उसने यही तो पूछा था कि क्या यह रामलुभाया जी का घर है? फोन तो तुम्हारे लिए ही था। सच-सच बताओ, तुम्हारे पास इतना पैसा कहां से आया?"

दमयंती और भी बिगड़ गई, "उल्टा चोर कोतवाल को डांटे। पकड़े गए तो मुझे ही लांछित करने लगे।"

"हां। मेरा भविष्य-निधि का पैसा।" रामलुभाया बोला, "तो तुम मुझ से तलाक लेकर या मेरी हत्या कर वह पैसा लोगी और उससे कोठी-बंगला खरीदोगी।..."

"तुम सही सलामत खड़े रहो तो तुमसे तलाक लेकर मुझे फंड का पैसा कैसे मिल जाएगा, और वह भी शाम तक?"

"तो तुम मेरी हत्या करोगी, पैसे के लिए? और खून सने उस पैसे से कोठी खरीदोगी?"

दमयंती को रामलुभाया पर दया भी आ रही थी और क्रोध भी आ रहा था। उसकी समझ में कुछ नहीं आया तो वह अपना माथा पीटने लगी,

''पगला गए हो तुम और मुझे भी पागल कर दोगे। सीधे-सीधे बता क्यों नहीं देते कि यह माया देवी कौन है। क्या संबंध है, उससे तुम्हारा? और यह सब कब से चल रहा है? उससे कोई बेटा तो नहीं है तुम्हारा? कहीं कोई किसी दिन आकर द्वार पर ही खड़ा न हो जाए...''

तभी बाहर की घंटी बजी। अभ्यासवश दरवाजा खोलने के लिए दमयंती उस ओर बढ़ गई। सामने माया खड़ी थी—कार्यालय वाली महिला, लिपटन-लिपटाई वाली। उसने बड़ी शालीनता से मुस्करा कर नमस्कार किया। किंतु फिर भी दमयंती से उसे भीतर आने का मार्ग नहीं दिया।

''आपने मुझे पहचाना नहीं?'' माया ने कहा, ''मैं दफ्तर में आपसे मिली थी। मैं बड़े बाबू ललित खन्ना की पत्नी हूं। मैं उनकी धर्मपत्नी हूं माया।''

''तो तुम हो माया।'' दमयंती के मुख से निकला, ''तुम्हें भी प्रापर्टी डीलर का फोन पहुंच गया क्या? पर काग़ज़ तो अभी उसी के पास हैं। यहां क्या करने आई हो?''

''जी मैं कुछ समझी नहीं।'' माया हंस कर बोली, ''आप मुझे भीतर नहीं आने देंगी क्या?''

''भीतर नहीं आने दूंगी तो तेरा झोंटा कैसे खींचूंगी?'' एक ओर हट कर माया के भीतर जाने का मार्ग बना देती है, ''चल भीतर।''

माया सहज भाव से भीतर आ जाती है, ''देखिए, मेरे बालों को हाथ नहीं लगाइएगा, नहीं तो मुश्किल हो जाएगी।''

''क्या मुश्किल हो जाएगी?'' दमयंती ने तुनक कर कहा, ''क्या कर लेगी, तू मेरा?''

कुछ आभास पाने के लिए माया ने रामलुभाया की ओर देखा। रामलुभाया ने अपने कंधे उचका दिए।

माया ने अपनी सहजता बनाए रखी, ''मैं क्या करूंगी?...यदि आप सहमत होंगी तो आपका बीमा करूंगी। मैं अपनी नौकरी के साथ-साथ खाली समय में लोगों का बीमा करती हूं। एजेंसी ले रखी है न।''

दमयंती का स्वर कुछ वक्र हो गया, ''अपने झोंटे का बीमा करा लिया है तुमने?''

दमयंती माया की ओर बढ़ी। माया असुरक्षा के भाव से पीछे खिसक

गई। इधर-उधर देखा और रामलुभाया की ओट लेने का प्रयत्न करती दिखाई दी।

"यही तो कठिनाई है।" वह बोली, "सुंदर बाल देख कर सब लोग उन्हें छू कर देखना चाहते हैं। जानती हैं, कल क्या हुआ था?"

"चल बता। यह भी जान लूं कि कल क्या हुआ था ।" दमयंती ने उसे खा जाने वाली दृष्टि से देखा।

"मैंने इतने जतन से बाल धोए, पोंछे और सूखने के लिए तार पर डाल दिए। हम ऊपर के तल पर रहते हैं न। हवा जोर की चली और बाल उड़ कर नीचे जा गिरे। सोसायटी का वह मूरख चौकीदार बालों को पकड़ कर सारे फलैटों का चक्कर लगा आया, "मेम, बाल आपके हैं? सारा मुहल्ला जान गया, बालों की कथा।"

"तो नकली हैं।" दमयंती बोली, "मैं भी कहूं...मैं क्या कहूं...नकली चीज़ असली से अधिक चमकती ही है।...पर होंगे तो किसी मरी हुई बुढ़िया के ही। या फिर गाय-भैंस की पूंछ के हैं।"

"नहीं बहन जी। नायलन के हैं।"

"चुप चुड़ैल।" दमयंती झपट कर पड़ी, "खबरदार तो मुझे बहन जी कहा तो। बड़ी आई मेरे पति की साली बनने वाली।"
रामलुभाया ने कुछ शालीनता दिखलाई, "आप बैठिए तो। इस समय ये कुछ बिगड़ी हुई हैं।"

"अरे तो सुधार लीजिए न।" माया ने कुछ मुस्कराने की कोशिश की, "आपसे रूठी हुई हैं, तो थोड़ी मनुहार कर लीजिए। इनके लिए बस एक अच्छी सी पॉलिसी ले लीजिए।"

"अच्छा। तुझे तो कोठी ले दें और मेरे लिए एक बीमा पॉलिसी।" दमयंती बोली।

"मेरे लिए कोठी?" माया चकित रह गई।

"नहीं बहन जी। कोई कोठी-वोठी नहीं है। "रामलुभाया बोला, "एक रांग नंबर की गलत सूचना से भड़की हुई हैं।"

"वैसे मानसिक रूप से तो स्वस्थ हैं न।" माया ने जैसे चेतावनी दी, "नहीं तो बीमा नहीं हो सकेगा।"

"नहीं। इस समय मेरा दिमाग ठिकाने नहीं है।" दमयंती बोली, "वैसे भी मुझे कोई बीमा नहीं करवाना है एजेंटनी।"

"क्यों आपको क्या कष्ट है? किस्तें आपके पति देंगे। पॉलिसी मेच्योर होगी तो आपको ढेर सारा पैसा मिलेगा।" माया ने अपना जाल फेंका।

"रहने दे तू।" दमयंती बोली, "मैं नहीं चाहती कि दो-चार किस्तें देकर, ये मेरा गला घोंट कर मुझे मार डालें और बीमा कंपनी से मिले पैसे से तुझे ऐश कराएं।"

"मुझे क्यों? क्यों आप मुझे अपनी उत्तराधिकारिणी बना रही हैं?

"मैं तुझे गोद नहीं ले रही। तू ही मेरी सौत बनने के चक्कर में, इनकी गोद में बैठने को उतावली हुई जा रही है।" दमयंती ने कहा।

"क्या बक रही हैं आप।" माया ने बिफरने का अभिनय किया, "मेरे अपने पति युवा और सुंदर हैं। मैं उनसे प्यार करती हूं। मैं क्यों ऐसी घटिया बात सोचूंगी।"

"वह तो देख ही आई हूं मैं तेरे दफ्तर में।" दमयंती के स्वर में वितृष्णा थी, "कैसे लिपटा-लिपटाई चल रही थी। इतनी बेशर्मी।...निर्लज्ज, तू कोठी की सूचना पाकर यहां क्यों दौड़ी चली आई है?"

रामलुभाया उन दोनों की बीच आ खड़ा हुआ, "दमयंती, मैं दस बार कह चुका कि वह कोई गलत नंबर था। तेरे लिए तो खरीदी न कोठी अब किसी और के लिए क्या खरीदूंगा?

माया चकित सी खड़ी दोनों की ओर देखती रही और फिर बोली, "यह कोठी का क्या चक्कर है भाई? मैंने तो देखा कि आप दोनों में इतना प्रेम है, तो सोचा कि आप पॉलिसी लेने में आपत्ति नहीं करेंगे।"

रामलुभाया को बोलने का अवसर न देते हुए दमयंती बोली, "आपत्ति क्यों करेंगे? जैसे अपने फंड से मेरा दहेज बना रहे थे, वैसे ही मेरी पॉलिसी से अपना दहेज बनाएंगे।...चल तू निकल यहां से, नहीं तो तेरा झोंटा अभी खींचती हूं—चाहे नायलन का हो, चाहे जूट का।"

दमयंती उसकी ओर बढ़ ही रही होती है कि बाहर के दरवाजे की घंटी बज उठती है। घंटी बजती ही चली गई, जैसे बाहर खड़ा व्यक्ति हवा के घोड़े पर सवार होकर आया हो।

दमयंती रुक गई और रामलुभाया की ओर देख कर बोली, "देखो जाकर, कहीं इसका खसम तो नहीं आ मरा, इसे खोजता हुआ। सोच रहा होगा, कहीं यह तुमसे लिपट ही न जाए।"

रामलुभाया ने कपाट खोले। सामने एक अपरिचित व्यक्ति खड़ा था, जो बुरी तरह हांफ रहा था। कपाट खुलते ही वह भीतर धंस पड़ा। उसने इस बात की भी चिंता नहीं की कि वह गृहस्वामी को धक्का देकर घर में घुस रहा है।

वह बहुत ही डरे हुए स्वर में बोला, "कपाट बंद कर लो भाई। बंद करो दरवाजा।" और फिर उसने बिना किसी की प्रतीक्षा किए स्वयं ही आगे बढ़ कर कपाट बंद कर चिटकिनी चढ़ा दी।

"तुम हो कौन?" रामलुभाया ने उससे पूछा, "इस प्रकार घर में घुस कर कपाट बंद कर रहे हो, जैसे अभी पिस्तौल निकाल कर हमें गोली मार दोगे। मैं तुम्हें उसका अवसर नहीं दूंगा।"

रामलुभाया आगे बढ़ा और उसने कपाट फिर से खोल दिए।

"मैं तुम्हें गोली चलाने वाला दिख रहा हूं?" आगंतुक बोला, "मैं तो स्वयं ही गोली के भय से अधमरा हो रहा हूं। वह पिस्तौल लेकर मेरे पीछे पड़ी हुई है।"

"कौन?" दमयंती ने पूछा।

"अरे मेरी घर वाली और कौन।" आगंतुक एकदम रोनी मुद्रा में बोला, "अरे मुझे किसी प्रकार बचा लो मेरे बाप। उसके दो-दो मुस्टंडे भाई हैं। कई हत्याएं कर चुके हैं। पुलिस के हत्थे चढ़ गए तो फांसी से बच नहीं सकते। पर पुलिस है कि उन्हें हत्थे चढ़ाती ही नहीं। खुद ही उनके हत्थे चढ़ी रहती है। छुट्टे सांड से घूम रहे हैं दोनों—खुल्लम-खुल्लाह।"

"पर तुम हो कौन?" रामलुभाया ने पुनः पूछा।

"अरे वही अभागा प्रापर्टी डीलर हूं भाई। जो तुम लोगों को फोन कर रहा था।"

दमयंती एकदम भड़क उठी, "तो करता रहता न फोन। यहां मरने को क्यों आ गया?"

"शामत आई थी, जो फोन किया। अब यह गलती दुबारा नहीं करूंगा।" वह रो पड़ा, "दस जूते मार लो चाहे, पर मुझे मेरी पत्नी से बचा

लो भाई। वह मेरा चूरमा बना डालेगी। तुम्हारी थाली में परोस देगी। अरे बचा लो न भाई।" "क्यों? क्या हो गया?" रामलुभाया बोला, "कोई बात तो समझ में आए।"

"अरे उसे संदेह हो गया है कि मैं वह कोठी बेच रहा हूं, जो पिछले महीने उसके नाम पर खरीदी थी।"

"तो बेच क्यों रहे हो?" रामलुभाया बोला, "मैंने अभी खरीदी नहीं है, फिर भी अपनी दमयंती को वचन दे रहा हूं कि खरीदूंगा तो उसके ही नाम पर खरीदूंगा और उसे कभी नहीं बेचूंगा।"

"कौन साला बेच रहा है।" आगंतुक झल्ला कर बोला, "एक ईंट तक तो बिकती नहीं, कोठी कहां बिकेगी। धंधा इतना मंदा है कि क्या कहूं।"

"तो फोन क्यों कर रहा था नासपीटे।" दमयंती बोली, "कि माया के नाम कोठी के काग़ज़ तैयार हैं। कौन है यह माया?"

"अरे कोई नहीं है मेरी अम्मा । मैं अभागा तो बस ग्राहक फंसा रहा था।" आगंतुक बोला, "कोई पूछे तो सही कि कौन सी कोठी? कौन से काग़ज़? जैसे आजकल विदेशी बैंकों वाले करते हैं न कि आप पर्सनल लोन ले लें, हाउस लोन ले लें, कोई लोन ले लें पर ले तो लें। किसी प्रकार मेरे कर्जदार तो हो जाएं। वही कर रहा था मैं।"

"मोए, मर जाने। तो हमारा ही नंबर क्यों मिला रहा था?" दमयंती ने डांटा, "कहां से मिला हमारा फोन नंबर?"

आगंतुक कुछ हकला कर बोला, "मैं तो फोन पुस्तिका देख-देख कर फोन करता जा रहा था कि आपके काग़ज़ तैयार हैं। पर कोई भला आदमी आया ही नहीं, यह पूछने कि कौन माया और कौन से काग़ज़। किसी के कान पर जूं तक नहीं रेंगी और मेरी पत्नी के कान खड़े हो गए। हथिनी है न। कान भी हाथी जैसे ही हैं। अरे मुझे बचा लो। वह मुझे मार डालेगी।..." वह फिर चिल्लाया, "...उसके भाई तो एकदम कसाई हैं। मेरा कीमा बना देंगे। अंतिम संस्कार भी नसीब नहीं होगा मुझे।"

"तुम हमसे क्या चाहते हो भाई?" रामलुभाया दमयंती की ओर देखता हुआ बोला।

"वह आएगी। यहां भी आएगी। अपने भाइयों को भी लाएगी..."

"तो? हमारा क्या होगा?" दमयंती बोली, "हम तो व्यर्थ ही पिस गए न बीच में।"

"आपका कुछ नहीं बिगड़ेगा।" आगंतुक बोला, "वे पूछें तो कह दीजिएगा कि आपका कोई फोन नहीं आया है। आपने कोई कोठी नहीं खरीदी। आपको कोई कोठी नहीं खरीदनी है। मुझसे तो एकदम ही नहीं खरीदनी है।...आप मुझे जानते नहीं। पहचानते नहीं।..."

लगा कि किसी को भी कुछ समझ में नहीं आया किंतु फिर दमयंती उसकी ओर बढ़ी, "तो फिर कोरट के काग़ज़ पर लिख कि जो कुछ भी तेरे पास है, तू सब कुछ अपनी पत्नी के नाम कर रहा है। अब सारी जायदाद उसकी है। न तेरे पास कुछ रहेगा, न तू कुछ बेचेगा।"

"अरे कैसे लिख दूं।" आगंतुक चिल्लाया, "सब कुछ उसको दे दूंगा तो वह मुझे कुछ भी बेचने-खरीदने नहीं देगी। व्यापार कहां से करूंगा मैं? रोटी कहां से खाएंगे? चूल्हा भी नहीं जलेगा हमारे घर में।"

अब तक चुप खड़ी माया अकस्मात् ही बोलने की मुद्रा में आ गई, "अच्छा। मैं कह दूंगी, उनसे कि तुमने कोई कोठी नहीं बेची है, न बेचने की ताकत की है।...पर एक शर्त है मेरी भी।"

"बोलो, क्या शर्त है तुम्हारी?"

"एक मोटा सा बीमा करवाओ मुझसे।"

"अपना या कोठी का?" आगंतुक ने अचकचा कर पूछा।

"दोनों का।"

"मारा जाऊंगा गरीब मैं तो।" आगंतुक बोला, "अरे मैं तो मकान खरीदता हूं, बेचता हूं। तुड़वाता हूं, बिकवाता हूं। उन सबका बीमा करवा कर मैं कहां जाऊंगा।"

"तो मत करवाओ।" माया इठला कर बोली, "आने दो अपनी पत्नी को। मैं उसे बता दूंगी कि मेरा ही नाम माया है और कोठी के काग़ज़ मेरे ही नाम बने हैं।"

"वह पूछेगी, कितने में खरीदी, तो क्या उत्तर दोगी?"

"खरीदी कहां। तुमने मुझे भेंट दी है।" माया जोर से हंसी।

आगंतुक झपट कर उसके पैर पकड़ लेता है, "ऐसा मत करना मेरी

अम्मा। वह मेरा खून पी जाएगी। हो सकता है तुम्हारा भी गला दबा दे। वह पूरी हथिनी है।''

दरवाजा फिर खुला, किंतु आगंतुक की पत्नी नहीं आई। इस बार माया का पति ललित खन्ना प्रकट हो गया। उसने भी देखा कि एक व्यक्ति माया के पैर पकड़े फर्श पर बैठा है।

ललित ने आगंतुक की ओर देखा, ''लिखवा लिया क्या?''

''क्या?'' आगंतुक ने चकित होकर पूछा।

''तुम्हारा प्राविडेंट फंड अपने नाम लिखवा लिया क्या?''

''नहीं तो। कौन सा फंड?''

''नहीं लिखवाया तो इसके पैर पकड़े क्यों बैठे हो?'' ललित बोला, ''विवाह का प्रस्ताव कर रहे हो या कोई और याचना है?''

''ये मुझे धमका रही हैं कि ये मुझे हथिनी के पैरों तले कुचलवा देंगी।''

''इसने मुझसे छुपा कर कोई हथिनी पाल रखी है क्या?''

ललित हंसा, ''या यह तब की बात कर रही है, जब यह स्वयं हथिनी हो जाएगी।''

''नहीं। हथिनी तो मैंने पाल रखी है।'' आगंतुक बोला।

''तो तुम अपनी पालतू हथिनी को संभालो।'' ललित ने कहा, ''इसे मैं संभालता हूं।'' वह माया की बांह पकड़ लेता है, ''चल माया। बीमा एजेंट सेल्समैन होता है, चंबल का डाकू नहीं। सबको धमकाती मत रहा कर।''

''मैं कहां धमका रही हूं। यह तो स्वयं ही डर गया था, मुझसे।''

''क्यों, इसने तुम्हें अपनी पत्नी समझ लिया था कि डर गया।'' ललित ने कहा, ''चलो, नहीं तो घसीट कर ले जाऊंगा अपने साथ—चाहे मुझ से सिग्रेट की दुर्गंध आए, या किसी और चीज़ की...सरकारी नौकरी भी करती हो और बीमा पॉलिसी के लिए लोगों को धमकाती भी फिरती हो। नौकरी जाएगी तुम्हारी।''

''अरे एक भी पॉलिसी मिल गई होती, तो तुम्हारे लिए मर्दों वाला वह परफ्यूम खरीद देती, जिसको सूंघ कर विज्ञापनों वाली लड़कियां आंखें बंद कर पराए मर्दों से चिपक जाती हैं।''

''बकवास बंद करो।'' ललित ने उसे सचमुच ही खींचना आरंभ कर

दिया। वह विरोध करती तो वह सचमुच ही उसे घसीट कर ले जाता, "ऐसे तो तुम एक दिन मेरी नौकरी भी संकट में डाल दोगी।"

उन दोनों के दरवाजे से बाहर निकलते ही कमरे में एक सन्नाटा पसर गया। और तब वहां एक मोटी सी, किंतु बेहद डरी हुई, अबोध और असहाय महिला प्रकट हुई। उसने बारी-बारी उन तीनों पर दृष्टि डाली।...आगंतुक, रामलुभाया की ओट में छिपने का प्रयत्न करता रहा। महिला धीरे-धीरे आ कर दमयंती देवी के सामने खड़ी हो गई। दमयंती देवी का रंग पीला पड़ गया। लगा कि कहीं वह अचेत ही न हो जाए...पर तब ही अकस्मात् ही एक झटके के साथ नीचे बैठ कर उस स्त्री ने दमयंती देवी के पैर पकड़ लिए।

उसने चेहरा ऊपर उठाया तो दमयंती देवी ने देखा वह रो रही थी, "मुझ बेसहारा औरत से मेरी कोठी मत छीनो, मेरी बहना। सिर पर छत न रही, तो अपने छोटे-छोटे बच्चों को लेकर खुले आसमान के नीचे कहां रहूंगी मैं।"

कुंभ-स्नान

रधिया का क्रोध पहाड़ चढ़ कर बोला, "अब अपने इन बूढ़े मां-बाप की ही सेवा करते रहोगे, या अपने बच्चों की ओर भी ध्यान दोगे?"

"बच्चों के लिए ही तो अपने मां-बाप की सेवा कर रहा हूं।" श्रवणकुमार ने कहा।

"बुढ़िया कह रही थी कि तुम उन दोनों को कुंभ के मेले में ले जा रहे हो।"

"हां! अम्मा और बाबू की बड़ी पुरानी इच्छा है कि वे कुंभ-स्नान कर आएं। मैंने सोचा कि चार धाम तो करा नहीं सकता, कुंभ-स्नान ही करा दूं।" श्रवणकुमार ने उत्तर दिया।

"यही तो रो रही हूं।" रधिया के मुख का स्वाद कसैला हो गया, "उसमें कितना पैसा लगेगा। यहां बच्चों की चड्डी खरीदने के लिए भी पैसा नहीं है और बुढ़िया बुड्ढे को धर्म कमाने की सूझ रही है।"

"तुम्हें जब कुछ समझ न आए तो चुप रहा करो।" श्रवणकुमार ने उसे डांटा, "न तो तुम संसार की सबसे समझदार स्त्री हो, और न बच्चे केवल तुम्हारे हैं।"

रधिया ने सिर पीट लिया, इस पुरुष का कोई क्या करे। इसके माता-पिता ने आरंभ में ही धूर्तता से काम लिया था। इसका नाम ही श्रवणकुमार रख दिया था। तो यह और कर भी क्या सकता था।

श्रवणकुमार पूरे समारोह से अपने माता-पिता को नासिक में हो रहे कुंभ के मेले में ले गया। उसने न पत्नी की इच्छा की चिंता की, न पैसों का मुंह देखा और न ही बच्चों के लिए कुछ पैसे बचाने का प्रयत्न किया।

कुंभ के लिए विशेष रूप से बनाई गई पुलिस चौकी पर वृद्धों की भीड़ थी। पुलिस अधिकारी अपना सिर पीट रहा था।

"तुम्हारा नाम क्या है?"

"मेरे पुत्र का नाम श्रवणकुमार है। उसके माता-पिता के नाम की तो कहीं चर्चा ही नहीं है।" वृद्ध ने कहा।

"मेले में किसके साथ आए थे?"

"बेटा ही लाया था।"

"वह कहां है?"

"लगता है, कहीं गुम हो गया है।" वृद्ध ने कहा, "एक बार ऐसे ही अपने बचपन में भी गुम हो गया था। कृपया उसे खोजिए साहब! जाने बेचारा किस हाल में होगा।"

"वह जहां कहीं भी होगा, ठीक ही होगा।" इंस्पैक्टर ने कहा, "तुम बताओ, तुम अपने घर पहुंच जाओगे?"

"हमारा गांव तो हाथी मत्था था। पर उसे छोड़े हुए तो बीस वर्ष हो चुके। अब हमारा वहां कौन है।"

"तो किसके साथ रहते थे?"

"बेटे बहू के साथ।"

"उनका नाम पता?"

"बेटे का नाम श्रवणकुमार। घर का पता...मालूम नहीं। कभी जानने की आवश्यकता ही नहीं पड़ी। कभी कोई पत्र भी नहीं लिखा। लिखना पढ़ना आता नहीं। लिखवाता भी तो किसको लिखवाता। बेटा तो पास ही था।"

"किसी सगे सम्बन्धी का पता?"

"अपने बेटे तक का पता तो मालूम नहीं है। सगे सम्बन्धी का पता कहां से बता दूं।"

"दो चार जगह ले जाएंगे, तो गली मोहल्ला पहचान लोगे?"

"मुझे ठीक से दिखाई नहीं देता। आपका चेहरा भी कुछ धुंधला-धुंधला ही दिखाई पड़ रहा है। बेटा भी आकर चरण छूता है, तो ही उसे पहचान पाता हूं।"

"अपने नगर का नाम मालूम है?"

"हम तो उसे शहर ही कहते थे। वैसे कोई नगर ही है।"

इंस्पैक्टर ने बुरा सा मुंह बनाया, "मुझे लगता है, इनके बेटे इन्हें जानबूझ कर छोड़ गए हैं, जैसे कोई अपने कुत्ते से छुटकारा पाने के लिए उसे जंगल में छोड़ आए।"

सप्ताह भर बाद जब श्रवणकुमार घर लौटा तो अकेला ही था।

"अम्मा बाबू कहां हैं?" रधिया ने पूछा।

"मेले में कहीं गुम हो गए।" श्रवणकुमार ने कहा, "लाख समझाया कि अपने आप इधर-उधर मत जाया करो। पर यहां मानता ही कौन है। पता ही नहीं चला कि कहां चले गए।"

"चलो अच्छा है। गुम हो गए।" रधिया बोली, "अब जितने दिन गुमे रहें, उतना ही अच्छा है।"

"यह सब कहने के स्थान पर कुछ रोना-धोना मचाओ।" श्रवणकुमार ने डांटा, "पड़ोसियों को पता लगना चाहिए कि अम्मा बाबू के गुम हो जाने पर हम कितने दुखी हैं।"

"तुमने उन्हें खोजा नहीं?"

"खोजना ही होता, तो स्वयं वहां से क्यों गुम होता।"श्रवणकुमार धीरे से मुस्कुराया।

"तुम तो बहुत समझदार हो भाई! वृद्धाश्रम का खर्च भी बचा गए।"रधिया परम प्रसन्न थी।

"बच्चों को मत बताना कि मैंने क्या किया है।"

"क्यों?"

"नहीं तो हमारी वृद्धावस्था में वे भी हमें कुंभ-स्नान के लिए अवश्य ले जाएंगे।"

लाल आंखें

अकस्मात् ही नगर में आंखें लाल होने का रोग फैल गया। जिसको देखो, उसी की आंखें लाल हो गईं। कुछ एक आंखों से पानी भी बहने लगा था। मेरी समझ में नहीं आया कि यह बंगलादेशी रक्ताभचक्षु रोग अकारण ही कैसे इतना फैल रहा था।

मैंने भोलाराम से पूछा, "क्या बात है, तुम्हारी आंखें इतनी लाल क्यों हो रही हैं? और तुम काली ऐनक भी नहीं लगा रहे हो?"

"काली ऐनक वह लगाए, जिसे अपनी आंखों की लालिमा छुपानी हो।"

"तुम अपना क्रोध प्रकट करना चाहते हो?" मैंने पूछा।

"नहीं! क्रोध के कारण मेरी आंखें लाल नहीं हैं।" उसने कहा, "पीड़ा के कारण लाल हैं।"

"ओह!" मैंने उसकी पीड़ा का अनुमान तो लगा लिया, किंतु उसे मैंने शब्दों में प्रकट करना उचित नहीं समझा। जब हम जान ही जाएं कि किसी को कोई घातक रोग है तो उसकी पुष्टि करते फिरना अथवा उससे उसकी स्वीकृति लेना आवश्यक नहीं होता। अब यदि उसकी पत्नी उससे ढेरों प्याज कटवाती है, उससे रसोई का काम करवाती है, तो यह सब प्रचारित क्यों किया जाए।

किंतु भोलाराम स्वयं ही चुप नहीं रहा। बोला, "तुम समझ रहे होगे कि हमारे घर में संबंधियों की कोई किट्टी पार्टी रही होगी और मैंने उसके लिए रसोई में ढेर सारे प्याज काटे होंगे।"

"हां! कुछ ऐसा ही सोच रहा था।" उसकी स्पष्टवादिता से प्रभावित होकर मैंने भी सहज स्वीकृति दे दी।

“पर ऐसा नहीं है।” वह बोला, “मेरी आंखें तो प्याज खोजते-खोजते लाल हो गई हैं।”

“तो तुम प्याज न मिलने के कारण अपनी आंखें लाल कर रहे हो?”

“हां! “वह बोला, “मैं सरकार को लाल-लाल आंखों से घूरना चाहता हूं। सरकार का दायित्व है कि वह जनता को सस्ते दामों में प्याज उपलब्ध कराए।”

“भोलाराम!” मैंने कहा, “यह राजनीतिक प्रचार वाली मुद्रा छोड़ो। उसमें आदमी सच झूठ का विचार नहीं करता। सोनिया गांधी कह रही हैं कि पोखरन में परमाणु परीक्षण करने के स्थान पर पहले पोखरन को पानी दो।”

“तो गलत क्या कह रही हैं?” भोलाराम ने अपना तेज प्रकट किया।

“उनकी सासु मां ने पोखरन में परमाणु परीक्षण किया था, तब तो वह राष्ट्रीय गौरव की बात थी। तब किसी ने नहीं कहा कि पोखरन को पानी दो।” मैंने कहा।

“तब की बात और थी।” भोलाराम निर्लज्ज मुद्रा में बोला।

“मैं जानता हूं कि और बात क्या थी।” मैंने कहा, “सच-सच बताओ कि तुम्हारी नीयत क्या है।”

“प्याज उपलब्ध कराना सरकार का काम है।” उसने तोते के समान दोहरा दिया।

तभी रामलुभाया भी कहीं से वहां आ गया। मैंने देखा, उसकी आंखें भी उतनी ही लाल थीं।

“तुम्हें क्या हो गया रामलुभाया?” मैंने पूछा।

उसने घूर कर भोलाराम को देखा और बोला, “इन्हीं की करनी को रो रहा हूं।”

“क्या हुआ?”

“दुनिया भर में शोर मचा रखा है कि प्याज महंगे हो रहे हैं, इसके लिए सरकार त्यागपत्र दे।” रामलुभाया बोला, “प्रश्न है कि इसमें सरकार क्या कर सकती है? यदि बाढ़ आ गई और प्याज की फसल नष्ट हो गई तो सरकार का क्या दोष? यह तो भगवान् की इच्छा है। अब सरकार भगवान् से तो लड़ नहीं सकती।”

“ठीक कह रहे हो।” भोलाराम बोला, “भगवान् की इच्छा से तुम्हारी

सरकार बनी और भगवान् की इच्छा से बाढ़ आई। इसका अर्थ है कि भगवान् की इच्छा है कि हम तुम्हारे विरुद्ध प्रचार करें। आखिर यह अवसर भगवान् ने ही तो दिया है। हम इस अवसर को छोड़ देंगे तो यह भगवान् की इच्छा का विरोध होगा।''

''तुम जनता को भड़काओ मत भोलाराम! ''रामलुभाया ने कहा, ''जहां-जहां तुम्हारी पार्टी की सरकार है, प्राकृतिक आपदाएं वहां भी आ सकती हैं। प्रकृति कोई भेदभाव नहीं करती। तुम्हारी पार्टी के शासन वाले प्रदेश में भूकंप आ जाए तो क्या करोगे? दूसरों पर आई विपत्ति का लाभ नहीं उठाना चाहिए।''

भोलाराम हंसा, ''प्राकृतिक विपदाएं तो आती ही रहती हैं। इसका अर्थ यह थोड़ी है कि विरोधी दलों की आलोचना बंद कर दी जाए। शासक में इतनी बुद्धि होनी चाहिए कि प्राकृतिक आपदा का उपयोग भी अपने लाभ के लिए करे।''

''प्राकृतिक विपदा का लाभ कैसे उठाया जा सकता है।'' मैंने कहा, ''यह तो अधर्म है।''

''इसीलिए तुम राजनीति में सफल नहीं हो रहे हो।'' वह हंसा, ''भा. ज.पा. को चाहिए कि अपना हिंदू कार्ड चलाए। जनता से कहे कि भगवान् ने बाढ़ से प्याज की फसल नष्ट की है। सबको मिलकर सोचना चाहिए कि प्याज की ही फसल नष्ट क्यों हुई। इसका अर्थ है कि भगवान् नहीं चाहते हैं कि हिंदू प्याज खाएं। वह सात्विक भोजन नहीं है। भगवान् ने हिंदुओं को सात्विक बनाने के लिए ही जानबूझ कर प्याज को उत्पन्न होने से रोका है, और प्याज उत्पन्न करने वालों को दंडित किया है। हमें उनकी इच्छा का सत्कार करना चाहिए और प्याज खाना एकदम छोड़ देना चाहिए।''

मैं चकित सा बैठा भोलाराम की ओर देखता रहा। कैसी बढ़िया राजनीतिक युक्ति निकाली थी उसने।

''तुम्हारी सकार होती तो तुम यही करते?'' मैंने विस्मयपूर्वक पूछा।

''अवश्य करते।'' वह बोला, ''हम तो यह भी कहते कि प्याज कम मिल रहे हैं तो पहले वे अल्पसंख्यकों को उपलब्ध कराए जाने चाहिए। आखिर यह उनके भोजन का अनिवार्य अंग है। अल्पसंख्यकों को प्याज उपलब्ध न कराना, उन पर हिंदुत्व थोपने के समान है। यदि अल्पसंख्यकों को उपलब्ध

कराने के पश्चात् प्याज बचे तो दलितों को मिलने चाहिए। उनसे बच जाएं तो अन्य पिछड़ी जातियों को।...'' उसने मुस्कुरा कर रामलुभाया की ओर देखा, ''सत्ता और विपक्ष का सत्य एक दूसरे के विपरीत होता है। जो यह नहीं समझता, उसे शासन करने का कोई अधिकार नहीं है।''

''और यदि तुम्हारी पार्टी द्वारा शासित प्रदेश में भूकंप आता तो?''

''हम तो कब से मांग रहे हैं भगवान् से कि हे भगवान्! जब तक हमारा शासन है, तब तक कम से कम एक भूकंप तो भेजो। भूकंप प्राकृतिक आपदा नहीं, भगवान् का दिया हुआ वरदान होता है मूर्ख!''उसने घूर कर मुझे देखा, ''यदि भूचाल आ जाए तो हम रो-रो कर संसार भर को हिला देते। अंततरू भूकंप के नाम पर हमें चारों ओर से इतनी सहायता मिलती कि हमारी पार्टी के पास अगले पांच चुनावों के लिए धन एकत्रित हो जाता।''

''वह सहायता तुम भूकंप पीड़ितों को नहीं देते?''

वह हंसा, ''बहुत भोले हो तुम। अरे भूकंप पीड़ित तो वे हैं जो भूकंप में मर गए। उनकी सहायता का अर्थ होता है, उनके शवों को मलबे से निकाल कर उनका सामूहिक दाह संस्कार करो। उनके मकानों की भूमि हथियाओ। विदेश से आई सहायता से वहां नए मकान बनाओ और अपने सम्बन्धियों में बांट दो। भूकंप में दिवंगत हुए लोग लौट कर तो आएंगे नहीं। न वे अपनी भूमि और भवन का कब्जा मांगेंगे।''

मैं उसकी राजनीतिक प्रतिभा से हतप्रभ हो रहा था। उसने एक बार मुस्कुरा कर मुझे देखा और फिर आंखों को लाल करता हुआ सरकार को डराने चला गया।

तब मेरी दृष्टि तोताराम पर पड़ी। उसकी आंखें भी लाल हो रही थीं। ऐनक उसने भी नहीं लगाई थी।

''तुम्हें क्या हुआ तोताराम?'' मैंने पूछा।

''बेटी का विवाह है अगले सप्ताह।'' उसने बताया।

''तो बेटी की विदाई से पहले ही रो रहे हो?''

''नहीं! वह बात नहीं है।'' तोताराम बोला, ''पैसे की समस्या आ पड़ी है।''

''क्या लड़के वाले दहेज अधिक मांग रहे हैं?''

''नहीं! भोजन का मूल्य बहुत बढ़ गया है।'' वह फूट-फूट कर रो

पड़ा, "प्याज इतने महंगे हो गए हैं। प्याज के बिना खाना नहीं बनता और प्याज वाला खाना बनाया जाए तो मूल्य दुगने से भी अधिक हो जाता है। लड़के वालों से बहुत कहा कि बिना प्याज का खाना खा लो। हींग जीरे की छौंक बहुत अच्छी होती है। हम मीठे में भी एक चीज़ बढ़ा देंगे। पर मानते ही नहीं। कहते हैं, शराब मत पिलाना, पर खाने में तो मसाला प्याज का ही चाहिए। साथ ही सलाद में प्याज ही अधिक होना चाहिए।"

तोताराम अपनी राम कहानी सुना ही रहा था कि बल्लू की मां दवा की शीशी लेकर डॉक्टर की ओर जाती दिखी। वह अपने पल्लू से बार-बार अपनी आंखें पोंछ रही थी। निकट आई तो देखा, उसकी आंखें एक दम लाल भभूका हो रही थीं।

मैं घबरा गया। इतना क्यों रो रही है यह? पूछा, "कौन रुग्ण है घर में?"

"अरे बल्लू ही उलटियां कर रहा है।"

"क्यों?" मैंने पूछा, "रात कहीं अधिक पी गया क्या? ये जवान लड़के अपनी सीमा तो पहचानते ही नहीं हैं।"

"नहीं मदिरा तो उसने छोड़ दी है।"

"तो फिर क्या हुआ?"

"कल रात एक बरात में गया था। वहां खाने के साथ सलाद में कच्चा प्याज भी मिल गया। बस प्याज ही खाता चला गया। खाना खाया ही नहीं।"

वह आगे बढ़ गई।

तब मेरी दृष्टि प्रोफेसर लालाराम पर पड़ी। वे वैसे तो स्वस्थ ही लग रहे थे, किंतु आंखें उनकी भी लाल थीं।

"क्या बात है?" मैंने पूछा, "आपकी आंखें इस प्रकार लाल क्यों हो रही हैं? कहीं अचानक ही रक्तचाप बहुत बढ़ तो नहीं गया? उससे आंखों में रक्त के थक्के भी आ जाते हैं।"

"रक्तचाप कुछ तो बढ़ा है।" वे बोले, "पर आंखें तो क्रोध से लाल हैं।"

"किससे रुष्ट हैं आप?" मैंने पूछा।

"अपने आपसे।"

"क्यों?" मैं चकित रह गया।

"अरे किस देश में जन्म ले लिया मैंने, जहां लोग किसी संकट का कोई मूल्य ही चुकाना नहीं चाहते। न त्याग की प्रवृत्ति है, न बलिदान की। ऐसे में कोई देश महान् कैसे हो सकता है।" उनका रोष बढ़ता ही जा रहा था।

"पर बात क्या है?" मैंने पूछा।

"प्याज महंगा हो गया है। प्याज बाज़ार में मिलता नहीं। अरे तो तुम कुछ दिन प्याज मत खाओ। काला बाज़ारिए और जमाखोर मुंह के बल गिर पड़ेंगे और प्याज सड़कों पर नहीं नालियों में लुढ़कता दिखाई देगा। उसके बिना कोई मर तो जाएगा नहीं। जो साला साप्ताह में एक किलो प्याज खरीदता था, अब चार किलो खरीदता है। क्योंकि मिलता नहीं है और महंगा हो गया है।" लालाराम बोलते ही जा रहे थे, "आज कोई देश हम पर आक्रमण कर दे तो हम घुटने टेक कर उसके सम्मुख नाक रगड़ने लगेंगे। कह देंगे, हम लड़ नहीं सकते, हमारे पास प्याज नहीं हैं न।...उपभोक्ता को अपना युद्ध तो लड़ना ही नहीं आता।"

वे चले गए और मैंने उनको रोका भी नहीं। समझ गया कि वे आजकल उपभोक्ताओं के मनोविज्ञान पर कोई पुस्तक लिख रहे होंगे।

सबको विदा कर मैं भी घर की ओर लौट पड़ा। मार्ग में कालू और बसंती की झुग्गी के पास से निकल रहा था तो उन दोनों का झगड़ा सुनाई दिया। कालू बसंती को डांट रहा था, "हरामजादी दिन भर घर में पसरी रहती है, यह नहीं हुआ कि सूपर बाज़ार की लाईन में खड़ी होकर दो किलो प्याज ही ले आती।"

"क्या करना था तुझे दो किलो प्याज का?" बसंती दहाड़ी, "अपने आवारा दोस्तों के साथ बैठ कर दारू पीता और साथ में कच्चा प्याज खाता। या फिर प्याज देख कर तुझे मुर्गा याद आ जाता और पैसे के लिए मेरा खून पीता।"

"पागल है तू तो।" कालू का स्वर कुछ कोमल हुआ, "अरे, किसी को बाज़ार के आधे दाम भी बेच देते तो चालीस पचास रुपए की कमाई हो जाती।"

"इतना ही समझदार है तो क्यों न लूट लाया ट्रक से?" बसंती बोली,

“सारी दुनिया प्याज लूटती रही और तू खड़ा तमाशा देखता रहा। पांच किलो भी लूट लाता तो मेरी एक नई धोती आ जाती।”

“रहने दे तू।” वह बोला, “मुझे चोर बनाना चाहती है।”

“और तू मुझे काला बाज़ारिया बनाना चाहता है।” बसंती कड़क स्वर में बोली।

थोड़ी देर मौन छाया रहा और फिर वे दोनों ही ज.ोर से हंस पड़े पता नहीं उनकी आंखें लाल थीं भी या नहीं।

26.10.1998

मलहम

मुफ्ती साहब को मुख्यमंत्री बने कुछ दिन हो गए तो रामलुभाया उनसे जा मिला, "क्या हो रहा है मुफ्ती साहब?"

"कुछ नहीं।" मुफ्ती साहब बोले, "कश्मीरियों के घावों पर मलहम लगा रहा हूं।"

"कौन से घाव? जो पाकिस्तान और आई. एस. आई. ने दिए हैं?"

"नहीं। उनका तो मुझे कोई पता नहीं है। उसका पता भारत सरकार और सेना को होगा।" मुफ्ती साहब बोले, "मैं तो उन घावों की बात कर रहा हूं, जो केन्द्रीय सरकार और फारूक अब्दुल्ला ने दिए हैं।"

रामलुभाया कुछ चकित रह गया। मुफ्ती साहब को तो पता ही नहीं था कि कश्मीर में पाकिस्तान भी कुछ कर रहा है।

"केन्द्र सरकार ने कौन से घाव दिए?" रामलुभाया ने पूछ लिया।

"अरे पकड़-पकड़ कर बेचारे कश्मीरियों को जेलों में बंद कर दिया।..बेगुनाह, बेकसूर और भोले नादान कश्मीरियों के साथ ऐसा व्यवहार होना चाहिए क्या?" वे कुछ बिफरे हुए थे, "मैंने धीरे-धीरे उनको छोड़ना आरंभ किया है। उसका बड़ा अच्छा अंजाम हो रहा है।"

"देख रहा हूं।" रामलुभाया बोला, "सुबह केन्द्रीय रिजर्व बल के दस जवान मारे जाते हैं और संध्या समय भारतीय सैनिक शहीद हो जाते हैं। क्या अच्छा अंजाम है?"

"देखो। झगड़े की बात मत करो।" मुफ्ती साहब बोले, "मैं कश्मीर का मुख्यमंत्री इसलिए तो नहीं बना कि यहां केन्द्रीय रिजर्व फोर्स और भारतीय सेना की रक्षा करूं। मेरा धर्म तो कश्मीर की सेवा करना है। इसलिए मैं कश्मीरी लड़कों को जेलों से मुक्त कर रहा हूं। केन्द्र की केन्द्र जाने।"

रामलुभाया की स्मरणशक्ति उसकी सहायता को आई, "केन्द्र की तो केन्द्र ही जानेगा। पर आप अपनी तो जानेंगे। जब आप केन्द्र में गृहमंत्री थे तो आपकी पुत्री का अपहरण हुआ था और आपने कितने कट्टर आतंकवादी छुड़वा दिए थे। और जब आप मुख्यमंत्री बने तो पहले ही दिन अपनी बेटी के अपहरणकर्ता को मुक्त कर दिया। इसका क्या अर्थ है?"

"आपको इसका अर्थ समझ नहीं आता?"

"आता है।" रामलुभाया ने कहा, "आपका केवल एक ही लक्ष्य है।"

"क्या?"

"जिन हत्यारे आतंकवादियों को पुलिस और सेना के जवान अपने प्राणों पर खेल कर और अपने प्राण देकर पकड़ते हैं। आप उनको मुक्त कर देते हैं। वे जाएं, और हत्याएं करें। निरपराध और निर्दोष लोगों का और रक्त बहाएं।"

"यह सब तो आपका प्रचार मात्र है।" मुफ्ती साहब बोले, "मैं तो इस देश में धार्मिक वातावरण बना रहा हूं। अब देखिए न। यह रमज़ान का पवित्र महीना है और हमारे लड़के जेलों में पड़े रहें, यह कोई अच्छा लगता है? या फिर कश्मीर की पवित्र धरती पर रक्तपात होता रहे, यह कोई अच्छी बात है। पवित्र महीना तो शांति से बीतना चाहिए।"

"रमज़ान का पवित्र महीना है, यह तो मैं भी जानता हूं, किंतु आपके वे तथाकथित लड़के रोड़ा रखने के लिए अक्षरधाम और रघुनाथ मंदिर ही में क्यों पहुंच जाते हैं?" रामलुभाया कुछ तीखा होकर बोला।

"देखिए। आप दूसरों के मज़हब का सम्मान करना सीखिए।" मुफ्ती साहब भी कुछ नाराज़ होकर बोले, "वे लड़के जेलों में रहेंगे तो विरोध कैसे रखेंगे? इबादत कैसे करेंगे?"

"मैं भी तो यही कह रहा हूं।" रामलुभाया ने कहा, "दूसरों के धर्म का भी सम्मान करना सीखिए। रमज़ान का महीना है तो आपके वे लड़के–जिनके लिए आप एकतर्फा युद्धविराम चाहते हैं–दूसरों से प्रेम करने के स्थान पर हथियार लेकर निहत्थे, निरपराध, निर्दोष और द्वेषहीन लोगों को मारने के लिए मंदिरों में क्यों जा बैठते हैं?"

"देखिए, धार्मिक वातावरण...।" और सहसा मुफ्ती साहब पलटे, "आपका विचार है कि उन लोगों को मैं मंदिरों में जाने के लिए कह रहा हूं?"

“कह नहीं रहे। उन्हें खुला छोड़ रहे हैं कि वे जहां चाहें जाएं, उत्पात मचाएं, हत्याएं करें, इस देश का वातावरण खराब करें, हिंदुओं की भावनाएं आहत कर, हिंदू मुसलमानों को एक दूसरे का शत्रु बनाएं और अंततरू इस देश को नष्ट करें।”

“देखिए, आप मुझ पर बेबुनियाद आरोप लगा रहे हैं।” वे बोले।

“यदि आप पर लगाए गए आरोप बेबुनियाद हैं तो फिर आरोपों की बुनियाद हो ही नहीं सकती।”

“आप फिर से कश्मीरियों के घाव ताजा कर रहे हैं।” मुफ्ती साहब कुछ-कुछ आपे से बाहर हुए।

“कल जिनकी लाशें उठी हैं, वे भी कश्मीरी ही थे पर वे भारतीय भी थे।” रामलुभाया ने कहा, “आपके लिए जो कश्मीरी है, वह भारतीय नहीं होगा किंतु हम तो कश्मीर और भारत को एक ही मानते हैं।...”

“मैं अकेला नहीं हूं। मेरे साथ कांग्रेस भी है।”

“मैंने कब कहा कि देश के अहित में कांग्रेस आपके साथ नहीं है?”

“आपकी ये बातें मेरी समझ में नहीं आतीं।” मुफ्ती साहब एकदम नादान हो गए।

“पर आपकी सारी बातें अब देश की समझ में आ रही हैं।” रामलुभाया ने कहा और उठकर चला आया।

भारत की मीनारें

आप में से जो पढ़े-लिखे लोग हैं, वे जानते हैं कि प्राचीन काल में प्रत्येक देश में एक अथवा अनेक राजा हुआ करते थे। और आप सब लोग पढ़े लिखे हैं ही, नहीं तो इस रचना को पढ़ कैसे रहे होते। इसलिए आप सब जानते हैं कि प्राचीन काल में प्रत्येक देश में एक अथवा अनेक राजा हुआ करते थे। उनका काम था एक दूसरे से युद्ध करना, और युद्ध जीतने के पश्चात् अपनी विजय का कोई स्मारक बनवाना। मुझे लगता है कि उन्हें स्मारक बनवाने के लिए ही, परस्पर लड़ना पड़ता था। यदि बिना युद्ध के स्मारक बन सकते तो वे युद्ध में अपने सैनिक क्यों कटवाते। महत्त्वपूर्ण तो स्मारक बनवाना ही था, युद्ध जीतना तो उसका लक्षण मात्र था। अशोक ने अपनी लाट (यह लाट, लाट साहब से भिन्न पदार्थ है) बनवाई थी। यह लाट थी तो ठोस, पर छोटी थी। ऐसा इतिहास ने बाद में सिद्ध किया। वैसे इतिहास सब कुछ बाद में ही सिद्ध करता है। समय पर कुछ सिद्ध कर देना इतिहास के वश का है ही नहीं। यदि इतिहास समय से यह सिद्ध कर देता, तो अशोक और भी बड़ी लाट बनवा सकता था। लाट बड़ी हो या छोटी। उसे बनवाने के लिए उसे करना क्या था। आदेश ही तो देना था। वह दे देता। यदि वह हठ पकड़ लेता, तो देश में उपलब्ध सारा लोहा, अपनी लाट में ही लगा देता। आज के मंत्री लोग उसमें से चोरी कर-करके अपने लिए गोली रक्षक तवे बनवा रहे होते। हमारे मंत्रियों को इस चोरी से बचाने के लिए ही इतिहास ने उस समय यह सिद्ध नहीं किया कि अशोक की लाट छोटी थी।

यह सिद्ध किया कुतबुद्दीन ऐबक ने। ऐबक ने अपनी विजय का उत्सव मनाने के लिए, कुतुब मीनार बनवाई, जो अशोक की लाट से बहुत बड़ी

थी। यह मीनार ऊंची तो थी, किंतु भीतर से खोखली थी। खोखली विजय की स्मृति में खोखली मीनार ही बनवाई जानी चाहिए।...पर वह अन्य कारणों से खोखली बनवाई गई थी। वह शायद इसलिए कि आत्महत्या के इच्छुक, उस पर से कूद कर आत्महत्या कर सकें। यदि क़ुतुब मीनार, अशोक की लाट के समान ठोस होती, तो उसकी यह उपयोगिता नष्ट हो जाती।

1947 ईस्वी में हमारा देश स्वतंत्र हो गया। स्वतंत्र भारत की एक प्रधानमंत्री ने अपनी विजय का उत्सव मनाने के लिए, दिल्ली के पीतमपुरा में एक टी.वी. टावर बनवा दी। स्वतंत्र भारत में न स्तंभ बन सकता है, न मीनार। अब तो टावर ही बन सकती है। बिना अंग्रेज़ी के कुछ बनना अब शोभा नहीं देता। टी.वी. टावर का अर्थ यह नहीं है कि यह टावर के आकार का कोई टेलिविजन है। यह तो टेलिविजन की दिग्विजय की घोषण करने का उत्सव मनाने वाली टावर है। यह टावर क़ुतुब मीनार से भी बहुत ऊंची है। किंतु इसके ठोस अथवा खोखले होने के विषय में, कुछ नहीं कहा जा सकता। वह ठोस है भी और नहीं भी है। ठोस इसलिए है, क्योंकि वह लोहे की बनी हुई है (और लोहा ठोस होने को मजबूर है)। खोखली वह इसलिए है, क्योंकि वस्तुतः वह खोखली है। यदि आप उस पर चढ़ सकें, तो आत्महत्या भी कर सकते हैं, और किसी को अपने साथ चढ़ा सकें, तो उसे धक्का देकर नीचे फेंक, उसकी हत्या भी कर सकते हैं। इस प्रकार यह टी.वी. टावर भारत सरकार के चरित्र से बहुत मेल खाती है।

पर हमारी सरकार ने वह मीनार हत्या अथवा आत्महत्या करने के लिए नहीं, एक अन्य लक्ष्य से बनवाई थी। अपने देश में सब कुछ ऐसा ही होता है। जो चीज़ जिस काम के लिए होती है, वह वस्तुतः उसके लिए बनवाई नहीं जाती और जिस काम के लिए वह बनवाई जाती है उसके लिए वह होती नहीं। उदाहरण के लिए, सड़कें लोगों के चलने के लिए, और पुल नदी पार करने के लिए नहीं बनवाए जाते। वे एक अन्य काम के लिए बनवाए जाते हैं। वे बनवाए जाते हैं, ठेकेदारों, इंजीनियरों, अधिकारियों तथा मंत्रियों के आर्थिक उत्थान के लिए। ताकि वे लोग गरीबी की रेखा के ऊपर जी सकें। यदि मैं ठेकेदारों, मंत्रियों आदि की नीति ठीक-ठीक समझ पाया हूं, तो कह सकता हूं कि वस्तुतः वह गरीबी की रेखा के ऊपर नहीं, ग़रीबों के वक्ष के ऊपर बैठ कर जीना चाहते हैं।

टी.वी. टावर बनवाने के पीछे जो अन्य लक्ष्य है, वह बहुत ही महत्वपूर्ण है। वह लक्ष्य है, भारत की जनता को प्रेरित करना। उसका उद्‌बोधन करना। इस देश के लोग फ़िल्में नहीं देखते थे। सिनेमा घरों में नई से नई फ़िल्म लग जाती थी, और ये मूर्खों के समान अपने घरों में बैठे रहते थे। उससे लोगों का तो कोई नुक्सान नहीं होता था, किंतु भारत सरकार की प्रेमिका, हमारी फ़िल्म इंडस्ट्री की बहुत हानि हो रही थी। अभिनेताओं और फ़िल्म निर्माताओं की आर्थिक हानि को देखते हुए, सरकार ने निश्चय किया कि वह टी.वी. टावर के माध्यम से लोगों के घरों में घुसकर, उनकी बैठकों और शयनागारों में फ़िल्में दिखाएगी। यदि लोग सिनेमाघरों में नहीं घुसेंगे, तो सिनेमाघर उनके घरों में घुस जाएंगे। प्यासा कुंएं के पास नहीं जाएगा, तो कुंआं ही प्यासे के पास चला आएगा। हमारे देश के लोग भी विचित्र हैं। जिन फ़िल्मों को वे सिनेमा के घर में भी देखना पसंद नहीं करते, वे फ़िल्में उनके घर में घुस जाती हैं, और उन्हें देखने लगती हैं। खैर कोई बात नहीं। घर में चोर घुस आए तो उसे भी तो देखना ही पड़ता है।

वस्तुतः यह टी. वी. टावर, जनतंत्र और समता की भी प्रतीक है। अमीरों और ग़रीबों के घरों में, प्रासादों और झुग्गियों में—समान भाव से प्रवेश कर, यह समान भाव से उनके मन और मस्तिष्क को भ्रष्ट एवं विकृत कर सकती है। सरकार ने कहा तो यह था कि इस टी.वी. टावर के माध्यम से देश के कोने-कोने में बसे घरों में सरस्वती प्रवेश करेगी। पर लगता है कि मां सरस्वती ने आने में कुछ विलंब कर दिया है। अवसर देखकर, अब उनके स्थान पर फ़िल्म इंडस्ट्री बैठ गई है। दूल्हा-दुल्हन के मंडप में आने से पहले, उनके बैठने के लिए बनाए गए मंच को खाली देखकर, शरारती बच्चे उस पर बैठ ही जाते हैं। अब फ़िल्म इंडस्ट्री से बढ़ कर शरारती और घटिया मस्तिष्क और किसका हो सकता है। या फिर सरकार ही उसकी समकक्षता कर सकती है। पंडाल भी उनका, मंडप भी उनका, मंच भी उनके। जो चाहे बैठ जाए या दूसरे को बैठा दे। सरकार फ़िल्मों को स्थापित कर रही है, फ़िल्में सरकार को जैसे मंत्री डाकुओं को स्थापित कर रहे हैं और डाकू मंत्रियों को।

पर एक बात है। इस टी.वी. टावर के माध्यम से, देश के कोने-कोने में बसे करोड़ों बेकार लोगों को, उनका मनभावन काम दिलाने में सरकार

पूर्णतः सफल रही है। इस टावर के बनने से पहले विद्यार्थी अपना मन मारकर, कक्षा में बैठ पढ़ाई करता था। अब इस टावर की कृपा से, अपने घर में बैठकर, क्रिकेट का मैच देखता है। पहले, अध्यापक को प्रिंसिपल के डर से कक्षा में जाकर, विद्यार्थियों से सिर मारना पड़ता था। अब उसे प्रिंसिपल के कमरे में बैठकर, प्रिंसिपल के साथ चाय पीते हुए, टी.वी. पर क्रिकेट का मैच देखने का काम मिल गया है। नाई से किसी ग्राहक की आधी मूंछ कट जाए और ग्राहक नाराज़ होने की मुद्रा में आ जाए, तो नाई टी.वी. की ओर संकेत कर देता है, ''साहब देखिए, कैसा छक्का लगा है।'' साहब अपनी मूंछ पर कैंची द्वारा लगाया गया चौका भूल जाते हैं और टी.वी. पर लगने वाला छक्का देखने लगते हैं। पान वाले से पान बनाने में चूने कत्थे की गड़बड़ हो जाए, ग्राहक की जीभ कट जाए, वह जीभ-जला बकने-झकने पर आ जाए तो पान वाला उसे क्रिकेट का स्कोर बताकर, चलता कर देता है। सरकारी कार्यालयों में, फाइलों का घटिया कार्य-व्यापार बंद हो जाता है, और आकाशवाणी, दूरदर्शन तथा आंखों देखा हाल सुनाने वालों की कृपा से, सरकारी कार्यालय भी इंडिया गेट जैसी सैरगाह बन जाते हैं। लाखों करोड़ों बेकार लोगों को इतना महत्वपूर्ण काम दिलाने की यह सरकारी योजना, सरकार की सफलतम योजना है। इस योजना की परिकल्पना, जिसने भी की हो, उसे इस वर्ष के गणतंत्र दिवस पर 'भारत रत्न' की उपाधि अवश्य प्रदान की जानी चाहिए। वह व्यक्ति न मिल सके, तो मेरा प्रस्ताव है कि टी.वी. टावर को ही 'भारत रत्न' घोषित कर दिया जाए। उसे इस घोषणा की अनुमति मात्र दे दी जाए घोषणा तो वह स्वयं ही हज़ार बार कर लेगी।

इस टी.वी. टावर ने जहां करोड़ो लोगों को राजनीतिज्ञों की रैलियां, फ़िल्म अभिनेताओं का लुच्चापन और खिलाड़ियों का बार-बार हारकर, देश को कलंकित करने का अनथक प्रयत्न—देखने का, भारी भरकम काम दे दिया है, वहीं राजनेताओं, अभिनेताओं तथा खिलाड़ियों को टी.वी. के परदे पर जमे रहने का अतिविशिष्ट काम भी उपलब्ध करा दिया है। मुझे तो लगता है कि इस टी.वी. टावर का नाम अंग्रेज़ी भाषा में ''नैशनल एंप्लायमेंट एक्सचेंज'' तथा हिंदी में ''कार्य दिलाने वाली सिद्धपीठ'' रख दिया जाना चाहिए।

(22.3.1995)

फंदा

''यह कैसा है?'' पत्नी ने मुझे एक फ्रिज दिखाया।

''अच्छा है।'' मैंने कहा।

प्रसन्नता हुई कि पत्नी को कुछ तो पसंद आया। खरीदना समस्या नहीं है। समस्या तो पसंद की है, ''दाम पूछूं?''

''पूछो।''

मैंने दुकानदार को बुलाया और पूछा, ''यह फ्रिज कैसा है?''

''यह तो चमत्कार ही है।'' वह बोला, ''यह वह करेगा, जो आजतक आपके किसी फ्रिज ने नहीं किया होगा।''

''अर्थात्?''

''खरीद कर देखिए। याद कीजिएगा हमें कि कैसी चीज़ दी।''

''कितने का है?''

''सत्ताइस हज़ार।''

मैं चौंका, ''क्यों? इतना महंगा क्यों?''

''विदेशी है।'' वह अकड़ कर बोला, ''दाम तो अधिक होगा ही।''

''विदेशी है तो सस्ता होना चाहिए।'' मैं बोला, ''बाहर से आकर हमारे देश में बिके और हमारे फ्रिजों से महंगा बिके। यह तो कोई बात न हुई।'' मैंने कहा, ''कोई देशी सस्ते फ्रिज छोड़कर महंगा विदेशी फ्रिज क्यों लेगा। देश से द्रोह भी करें और पैसा भी अधिक दें। कौन लेगा इसे?''

''आप लेंगे।'' वह कुछ इस भंगिमा में बोला, जैसे कह रहा हो कि तुमसे बड़ा मूर्ख और कौन होगा, तुम लोगे।

''पर क्यों?''

''मल्टी नैशनल कम्पनी है। कमाई करने आई है, डुबोने तो आई नहीं।''

“पर महंगा क्यों है?”

“क्योंकि उनको अपने देश की मुद्रा में पैसा कमाना है। उनकी मुद्रा हमारे रुपए के मुकाबले महंगी है अर्थात् मजबूत है। जो महंगा होता है, वह मजबूत होता है।” उसने मुझे अर्थशास्त्र पढ़ाया, “हम दुकानदारों को भी अधिक लाभ देना है। अपने कर्मचारियों को भी अधिक वेतन देना है, नहीं तो उनके लिए काम कौन करेगा।”

उसका तर्क मुझे जंच गया। बहुराष्ट्रीय विदेशी कम्पनियों की यह मजबूरी तो मुझे पहले समझ में ही नहीं आई थी। बेचारे हमारा घर नहीं लूटेंगे तो अपना घर कैसे भरेंगे।

मैंने फ्रिज खरीद लिया। फ्रिज घर में आया तो पहली बार खोल कर देखा, विदेशी चीज़ थी, दुकान पर उसका दरवाजा खोलने का साहस नहीं हुआ था। कहीं दुकानदार टोक देता कि विदेशी फ्रिज कभी देखा भी है। फ्रिज खरीदने गए थे, अपनी नाक कटवाने तो गए नहीं थे।

“इसका शीतक इतना बड़ा क्यों है?” मैंने पूछा।

“क्या बड़ा है?” इंजीनियर नामक जंतु ने पूछा।

“शीतक।” मैंने संकेत से उसे समझाया।

“यह फ्रीजर है।” वह बोला, “यह शीतक फीतक क्या होता है।”

“तुम जिसको अंग्रेज़ी में कह रहे हो, उसे ही मैं हिंदी में कह रहा हूं।”

“विदेशी फ्रिज खरीदोगे तो हिंदी नहीं चलेगी। अंग्रेज़ी में बोलना होगा।” उसने जैसे आदेश दिया।

“विदेशी फ्रिज खरीदेंगे तो अपनी भाषा भी छोड़नी पड़ेगी?” मैंने चकित होकर पूछा।

“नहीं तो उनके दास कैसे बनोगे?”

“पर मैं उनका दास बनना नहीं चाहता।” मैं चिल्लाया।

“तो विदेशी फ्रिज खरीदने के लिए तुम्हें देवगुरु बृहस्पति ने कहा था क्या?” उसने मुझे डांट दिया।

मैं सहम गया, “चलो फ्रीजर ही सही। पर यह इतना बड़ा क्यों है?”

“ताकि तुम इसमें दुनिया भर का मछली–मांस इत्यादि रख सको। महीनों रख सको। बासी मांस खा सको।”

“मैं तो शाकाहारी हूं।”

"तो अब मांसाहारी हो जाओ।" उसका स्वर और भी कठोर हो गया, "खरीदोगे विदेशी फ्रिज और रहोगे शाकाहारी। कोई तमाशा है क्या? शाक सब्जी डाल कर फ्रिज का अपमान किया तो देखना कम्पनी मुकदमा चला देगी।"

मैं तो बुरी तरह फंस गया था। विदेशी फ्रिज क्या खरीद लिया, सब ओर से घिर गया। पहले अपनी भाषा छोड़ने की बात थी, अब अपना आहार भी बदलना होगा।

"इसमें तो दूध का बड़ा पतीला रखने का स्थान ही नहीं है।" मैंने फ्रिज का दूसरा दरवाजा खोला, "हम दूध कैसे रखेंगे?"

"दूध के पतीले भूल जाओ।" वह बोला, "बोतलों और कैन इत्यादि में दूध रखो। पतीला रख कर इस विदेशी फ्रिज का अपमान करने का साहस करोगे तो भारत पर आर्थिक प्रतिबंध लगा दिए जाएंगे। विदेशी बहुराष्ट्रीय कम्पनी का फ्रिज है। कोई मजाक नहीं है कि हर ऐरा-गैरा नत्थू खैरा इसे खरीद ले और अपने ढंग से इसका दुरुपयोग करे।"

"पर बोतलों और कैन में दूध गर्म कैसे होगा, उसके लिए तो पतीला ही चाहिए।"

"भूल जाओ, दूध को गर्म करना। जैसा फ्रिज से निकले, पी लो।"

"पर हमारे देश की जलवायु में..."

"अपने देश की जलवायु को बदल डालो।" उसने मेरी बात पूरी नहीं होने दी, "बदल नहीं सकते तो उसे भूल जाओ। यह मत कहना कि उससे तुम अस्वस्थ होगे। होगे तो अच्छा है। तब हम अपनी औषधियों की कम्पनी भी यहां ले आएंगे। तुम्हें अपनी महंगी औषधियां खिलाएंगे और तुम्हारा मृत्यु दर बढ़ाएंगे।"

मैं तो उसके फंदे में वैसे ही फंस गया था, जैसे भारतीय शासक ईस्ट इंडिया कम्पनी के फंदे में फंस गए थे। चुपचाप अपमान का घूंट पीकर रह गया। सहसा मेरा हाथ फ्रिज के दरवाजे पर पड़ा, "अरे यह इतना गर्म क्यों है?"

"यह ऐसे ही रहता है।" वह बोला, "भीतर की गर्मी बाहर निकालेगा, तो ही तो भीतर से ठंडा होगा।"

मैं उससे तर्क करने की स्थिति में नहीं था। चुपचाप उसे विदा कर दिया।

अभी अपने गली मुहल्ले वालों तथा रिश्तेदारों पर अपने दो द्वारों वाले, बड़े विदेशी फ्रिज का रौब भी पूरी तरह जमा नहीं पाए थे कि फ्रिज ने काम करना बंद कर दिया।

मैंने दुकानदार को फोन किया, "भैया! यह कैसा फ्रिज दे दिया। वह तो छह महीने में ही चीं बोल गया। हमारे भारतीय फ्रिज तो दस पंद्रह साल छींकते भी नहीं।"

"आपको कहा नहीं था कि आप हमें याद करेंगे कि कैसी चीज़ दे दी। ऐसा चमत्कार किसी और फ्रिज ने किया था क्या?"

"तो तुम्हारा मतलब यह था?" मैंने पूछा।

"आपने क्या समझा था।"

अब मैं उसे क्या बताता कि मैंने क्या समझा था।

"अब करना क्या है?"

"कम्पनी को फोन कीजिए।"

"आप कुछ नहीं कर सकते?"

"हमें जो करना था, हमने कर दिया। आपसे पैसे ले लिए और अपना अंश अपने पास रख, उनके पैसे उन्हें दे दिए।"

मैंने कम्पनी में फोन किया। पता चला कम्पनी बहादुर का फोन मिलना, भारत के प्रधानमंत्री के मिलने से भी कठिन था। कई बार तो लगा कि कहीं इनका फोन कोरिया में ही तो नहीं है? नंबर डायल करने में आधी अंगुली घिसा कर जब नंबर मिला तो उन्होंने पूछा, "क्या है?"

"फ्रिज काम नहीं कर रहा।"

"आपको कैसे मालूम है कि काम नहीं कर रहा।" उसने मुझे डांटा, "विदेशी फ्रिज है। दिखाई यही देता है कि वह काम नहीं कर रहा, जबकि वह काम कर रहा होता है। कोई विदेशी एजेंसी खुल कर काम नहीं करती। सब ढके-छिपे ही काम करती हैं।"

"कैसे पता चलेगा कि वह काम कर रहा है?" मैंने ढीठ होकर पूछा।

"उसका बल्ब जल रहा है या नहीं?"

"जल रहा है।"

"तो वह काम कर रहा है।"

"हमने बल्ब जलाने के लिए फ्रिज नहीं खरीदा था।" मैंने कहा, "बर्फ जमाने के लिए खरीदा था और उसमें बर्फ नहीं जम रही है।"

"इस फ्रिज में बर्फ गर्मियों में जमती है।" उसने कहा, "विदेशी फ्रिज ले लेते हो और उसके विषय में जानते कुछ भी नहीं।"

"गर्मियां ही तो हैं।" मैंने कहा, "और कौन सी गर्मियां आएंगी अब?"

"यहां गर्मियां हैं न! "उसने और भी तीखे स्वर में कहा, "कोरिया में अच्छा मौसम है इन दिनों। फ्रिज वहां बना है तो उनकी ऋतुओं से ही तो चलेगा। वहां गर्मियां आरंभ होंगी तो अपने आप बर्फ जमने लगेगी आप के फ्रिज में।"

"हमें मूर्ख बनाने की कोशिश मत करो। फ्रिज खराब हो गया है।" मैंने कहा, "अभी इसकी गारंटी की अवधि समाप्त नहीं हुई है। चुपचाप फ्रिज उठाओ और ठीक करके लौटाओ। नहीं तो...।"

"नहीं तो क्या करोगे?"

"मुकदमा।"

"हम कल ही फ्रिज उठा लेंगे और ठीक होने के लिए कोरिया भेज देंगे। ठीक होकर आ जाएगा तो तुम्हें लौटा देंगे।"

"जहां मन आए भेजो। पर मुझे फ्रिज ठीक करके दो।"

"फ्रिज पहले तो माल गाड़ी से मुंबई जाएगा। फिर किसी जलपोत में कोरिया जाएगा। ठीक होकर लौटेगा तो आपकी गारंटी की अवधि समाप्त हो चुकी होगी।" उसने मुझे समझाया, "इसलिए आपको उसका भुगतान करना पड़ेगा। मरम्मत का बिल फ्रिज के दाम से भी अधिक होगा, क्योंकि वहां मजदूरी बहुत महंगी है। इसलिए मेरे भाई! ठीक होता है तो यहीं अपने मुहल्ले का मिस्त्री बुला कर उसे ठीक करा लो। क्यों झंझट में पड़ते हो। देशी तरीके छोड़ो और बहुराष्ट्रीय विदेशी कंपनियों से मुकदमे में मत उलझो।"

मेरी समझ में उसकी बात आ गई। मैंने अपने मुहल्ले का राजू मिस्त्री बुला लिया। अब देखें, वह क्या चमत्कार करता है।

(21.7.1998)

सीमा शुल्क

न्यूयार्क के विमानपत्तन पर रामलुभाया बहुत लदाफदा घूम रहा था। उसके पास दो बड़ी-बड़ी पेटियां थीं जो सामान से वैसी ही अटी पड़ी थीं, जैसे अपना देश मनुष्य नामक जीवों से अटा पड़ा है। उसके कंधों पर भी थैले, झोले और बैग टंगे हुए थे। हाथ में कैमरा, लंबा कोट और कुछ पुस्तकें थीं। ऐसा सुशोभित हो रहा था, जैसा बया के घोंसलों की भीड़ से कोई वृक्ष होता है।

सामने से भोलाराम आ गया। वह प्रायः खाली हाथ था। एक अटैची थी, वह भी हल्की-फुल्की। उसने रामलुभाया को देखा तो हंसा, ''यह क्या रामलुभाया? ओ तू तो मंगल बाज़ार के सामान लदा हुआ है।''

''भारत जा रहा हूं।'' रामलुभाया बोला।

''वह तो मैं भी जा रहा हूं।'' भोलाराम बोला, ''पर यह ओवरलोडेड ट्रक क्यों बना हुआ है तू?''

''भई! अपने देश जा रहा हूं। अपने परिवार में।'' रामलुभाया बोला, ''सबको कुछ न कुछ तो देना चाहिए। सब लोग इतनी आस लगाए होते हैं।''

''क्या-क्या ले जा रहा है?''

''कपड़े, खिलौने, गहने, कैमरा, दाड़ी छांटू...।'' वह रुका, ''पर तुम यहां क्या कर रहे हो?''

''मैं भी इंडिया जा रहा हूं।'' भोलाराम बोला, ''अपने देश।''

''ऐसे?'' रामलुभाया चकित था।

''और कैसे।'' भोलाराम बोला, ''टिकट है। वीजा है। पासपोर्ट है।''

''नहीं! मेरा तात्पर्य है, खाली हाथ? अपने साथ कुछ नहीं ले जा रहे?''

"इन्हें ले जा रहा हूं न!" भोलाराम ने अपने निकट खड़ी तीन गोरी लड़कियों की ओर संकेत कर दिया।

"इन्हें घुमाने ले जा रहे हो?" रामलुभाया बोला, "फिर तो तुम बहुत सारा सामान इनके माध्यम से कस्टम से निकाल लोगे।"

"अरे नहीं।" भोलाराम बोला, "यह मेरा सामान है।"

"दुष्ट हो तुम।" रामलुभाया ने अपने दांत पीसे, "वहां तुम्हारी पहले से भी एक पत्नी है, बच्चे हैं।"

"तो क्या हो गया।" भोलाराम बोला, "तुम जिनके लिए कपड़े ले जा रहे हो, उनके पास भी तो पहले से बहुत सारे कपड़े होंगे।"

"कपड़ों की बात और है।" रामलुभाया बोला, "ढेर सारे कपड़े रखने का तो प्रचलन है।"

"है तो।" भोलाराम बोला, "मैं अपने हर चक्कर में दो चार गोरियां ले जाऊंगा तो यह भी प्रचलन हो जाएगा।"

रामलुभाया की समझ में नहीं आ रहा था कि वह भोलाराम के कुतर्कों का क्या उत्तर दे। पर उसकी बात वह स्वीकार कैसे कर लेता।

"पर तुम इतनी स्त्रियां क्यों ले जा रहे हो?" रामलुभाया कुछ निर्णय न कर पाने के कारण खीझ कर बोला।

"तुम इतने कपड़े इत्यादि क्यों ले जा रहे हो?"

"मेरे घर वालों को यह अच्छा लगता है।" रामलुभाया बोला।

"तो मुझे यह अच्छा लगता है।" भोलाराम धृष्ट होकर बोला।

"मेरे घर वालों को तो यह अच्छा लगता है, क्योंकि ये कपड़े उन्हें मुफ्त में मिलते हैं।" रामलुभाया बोला।

"ये भी तो मुफ्त की ही हैं।" भोलाराम उन तीन अमरीकी लड़कियों की ओर देख कर हंसा।

वे उसकी भाषा नहीं समझ पाईं, किंतु हंसी की बात मान कर हंस पड़ीं।

"तो फिर तीन-तीन क्यों ले जा रहा है। एक आध काफी नहीं थी?" रामलुभाया चिल्लाया।

"तुझे चाहिए क्या?" भोलाराम पहली बार कुछ गंभीर स्वर में बोला।

"नहीं। मुझे नहीं चाहिए।" रामलुभाया बोला, "किंतु तुम तीन-तीन का क्या करोगे?"

"तुम इतने सारे कपड़ों का क्या करोगे?"

"अरे तो कौन सा ये सारे कपड़े मेरे पास ही रह जाएंगे।" रामलुभाया रुआंसा हो गया, "कुछ कस्टम वाले भी तो रख ही लेंगे।"

"तो मेरे पास ही कौन सी ये तीनों रह जाएंगी।" भोलाराम पुनः हंसा, "कस्टम वालों की लूटपाट तो मुझे भी झेलनी ही पड़ेगी। एक दो कस्टम वाले ही रख लेंगे। जिसे उनके चंगुल से बचा कर बाहर ले जा सका, वह मेरी।"

(18.1.2000)

शांति

''कश्मीर में अशांति बड़ी लंबी हो गई।'' उन्होंने कहा, ''मेरा विचार है कि अब शांति बहाल होनी चाहिए।''

मैं उनसे सहमत हो गया। इसमें मतभेद की गुंजाईश ही कहां थी।

''क्या करना चाहिए?'' मैंने पूछा, ''यहां तो एक के बाद एक सरकार आ रही है और नए से नए उपाय कर रही है। आजतक कश्मीर में शांति नहीं हुई। लोग मर रहे हैं। और मरने से बचने के लिए भाग रहे हैं।''

''ठीक कह रहे हो।'' उन्होंने कहा, ''कुछ होना चाहिए।''

''कुछ क्यों! बहुत कुछ होना चाहिए। किंतु क्या होना चाहिए?''

''हमारी सरकार ने जिन आतंकवादियों को पकड़ रखा है, उन सबको मुक्त कर देना चाहिए।'' उन्होंने बताया।

''पर जिनको बंदी किया गया था, उन्हें किसी आरोप में ही बंदी किया गया होगा।'' मैंने कहा, ''क्या आरोप था, उन पर?''

''उन पर आरोप!'' वे बोले, ''आतंकवाद का आरोप था। उन्होंने हत्याएं की थीं। हत्याओं के लिए लोगों को उकसाया था। कश्मीर को भारत से पृथक् करने का प्रचार किया था।''

''अर्थात् सारी अशांति उन्हीं की फैलाई हुई थी।'' मैंने कहा।

''हां! वे बोले। इतना रक्तपात हुआ कि पुलिस से नहीं संभला, तो सेना बुलानी पड़ी।'' उन्होंने बताया, ''तब कहीं बड़ी मुश्किल से इन लोगों को पकड़ा गया था।''

''हां! सरलता से तो वे पकड़ में नहीं आए होंगे।'' मैंने कहा, ''उनको

पकड़ने के लिए गई पुलिस और सेना के जवानों ने अपना बलिदान भी दिया होगा?''

''हां! बहुत सारे लोग मारे गए थे। प्रतिदिन मारे जा रहे हैं। आतंकवाद कोई समाप्त तो हुआ नहीं है।'' वे बोले।

''तो फिर ऐसे लोगों को आप मुक्त क्यों करना चाहते हैं?'' मैंने पूछा, ''उनके मुक्त होने से कश्मीर में शांति स्थापित होगी या फिर से अशांति बढ़ जाएगी?''

''हां! शायद तुम ठीक कहते हो, पर कुछ तो करना ही चाहिए।'' वे बोले, ''ऐसे लड़ते रहने से क्या होगा। कश्मीर की जनता मारकाट से तंग आ चुकी है।''

''मैं भी तो यही कह रहा हूं कि कश्मीर ही नहीं, मानवता भी मारकाट से तंग आ चुकी है। उसे रोका जाना चाहिए।...और आप हैं कि मारकाट करने वालों को कारागार से छुड़ा कर खुला घूमने के लिए छोड़ देना चाहते हैं, ताकि वे जिसे चाहें, उन्हें गोलियों से भून दें।''

''पर कश्मीर की जनता यही चाहती है। उसके बिना उसे शांति नहीं मिलेगी।'' वे पूर्णतः विश्वस्त थे।

''ऐसा कैसे हो सकता है।'' मैंने कहा, ''जो लोग किसी को भी मार डालते हैं। किसी के भी घर में घुस कर उनका धन छीन लेते हैं। उनकी स्त्रियों के साथ अत्याचार करते हैं-उनकी स्वतंत्रता की कामना कश्मीर की जनता क्यों करेगी?''

''क्योंकि वे शांति चाहते हैं। क्योंकि हम शांति चाहते हैं।'' वे बोले, ''आखिर तो आतंकवादी भी लोगों को मारते-मारते थक जाएंगे। कब तक मारते ही जाएंगे। आखिर तो नादिर शाह भी थक गया था।''

''तो आप चाहते हैं कि आतंकवादी कश्मीरियों को मारते-मारते थक जाएं। और नादिर शाह के समान कश्मीर पर अधिकार कर लें।''

''अब जो हो सो हो।'' उन्हें लग रहा था कि उन्होंने समस्या का समाधान ढूंढ लिया है।

''और रमज़ान के महीने में युद्धविराम के विषय में आपका क्या विचार है?'' मैंने पूछा।

“हां! यह तो होना ही चाहिए। रमज़ान पवित्र महीना है।” वे बोले, “आप जानते हैं कि जनरल मुशर्रफ ने भी तालिबान के विरुद्ध युद्ध में अमरीका को यही परामर्श दिया था।”

“वह तो इसलिए था, क्योंकि मुशर्रफ तालिबान की सहायता करना चाहते थे।...”

“पर मैं ऐसा कुछ नहीं करना चाहता।” उन्होंने मेरी बात काट दी, “मैं तो इसलिए कह रहा हूं, क्योंकि धर्म इन आतंकियों के लिए बहुत पवित्र चीज़ है। हमें उनके पवित्र महीने में उनको नहीं मारना चाहिए।”

“आप कहते तो ठीक हैं।” मैंने कहा, “पर तौल तो लीजिए कि धर्म उनके लिए कितना महत्त्वपूर्ण है। अमरनाथ की यात्रा के समय उनका विशेष अभियान होता है कि वे उस यात्रा को निर्विघ्न पूरा नहीं होने देंगे और जितने अधिक तीर्थयात्रियों की हत्या कर सकेंगे, करेंगे।”

“आप धर्म की नहीं, सांप्रदायिकता की बात कर रहे हैं।” उन्होंने निर्लज्जता से दांत दिखा दिए।

टाई

साक्षात्कार समाप्त हो गया तो मैंने बड़ी उत्सुकता से रामलुभाया के सामने रखे गए काग़ज़ पर दृष्टि डाली। मैं देखना चाहता था कि जिस लड़के को मैंने सबसे अधिक योग्य पाया था, रामलुभाया ने भी उसी को सबसे अधिक अंक दिए थे या नहीं?

मुझे अपनी आंखों पर विश्वास नहीं हुआ। रामलुभाया ने उस लड़के को सबसे कम अंक दिए थे।

"तुमने इस लड़के को नहीं चुना?" मैंने रामलुभाया को डांटने से पहले अपने संदेह की पुष्टि कर लेनी चाही।

"नहीं! "उसने बहुत सहज भाव से कहा।

"क्यों?" मेरा स्वर कुछ ऊंचा उठ गया, "वह सबसे अधिक योग्य है। उसने तुम्हारे सारे प्रश्नों के उत्तर ठीक-ठीक दिए हैं। उसने सामूहिक चर्चा में सबसे अच्छी बातें कही हैं। उसकी भाषा सबसे अच्छी है। उसके तर्क सबसे सबल हैं। उसका उच्चारण सबसे शुद्ध है और उसकी शैली सबसे मोहक है।"

"ठीक कहते हो।" उसने उसी प्रकार शांत स्वर में कहा।

"तो फिर उसी को चुना जाना चाहिए था और तुमने उसे पहले ही चक्र में बाहर कर दिया है। क्यों?"

"क्योंकि वह सबसे खतरनाक है। ऐसे लोग खतरनाक होते ही हैं।"

"तुम यह कैसे कह सकते हो?"

"उसने टाई नहीं बांध रखी थी।" रामलुभाया ने उत्तर दिया।

"तुम यहां एक प्रशासक का चुनाव करने बैठे थे या टाईयां बेचने?"

मैंने चिढ़कर कहा, "इस नौकरी से टाई बांधने न बांधने का क्या सम्बन्ध?"

"क्यों? सम्बन्ध क्यों नहीं?" रामलुभाया बोला, "तुम्हें इसमें विद्रोह की गंध नहीं आती?"

"विद्रोह? कैसा विद्रोह??" मैंने कहा, "वह लड़का तो इतना शिष्ट और शालीन था। विद्रोह तो उसके आसपास ही नहीं फटकता।"

"मूर्ख हो तुम।" रामलुभाया बोला, "आज उसने टाई नहीं बांधी है, कल वह पतलून पहनने से इंकार कर देगा। धोती बांध कर आने लगेगा, कार्यालय में।"

"तो? उससे प्रशासन में कोई कमी आ जाएगी?" मैंने पूछा, "भारत में यदि कोई पुरुष धोती बांध कर कार्यालय में आता है तो क्या बुराई है। सारे विश्व में लोग कार्यालयों में अपने राष्ट्रीय परिधान में आते हैं। उसके धोती बांध कर आने से क्या हो जाएगा?"

"क्या हो जाएगा?" रामलुभाया के चेहरे पर असन्तोष झलका, "फिर वह छुरी कांटे से न खाकर अपने हाथ से खाना खाएगा और मेज पर दाल चावल बिखेरेगा।"

"तो क्या हो जाएगा?" मैंने पूछा, "तुम्हें उसकी मेज साफ नहीं करनी पड़ेगी। उसे नौकर साफ करेगा। तुम्हारी क्या हानि हो जाएगी?"

"फिर वह अंग्रेज़ी के स्थान पर हिंदी बोलने की हठ करेगा।" रामलुभाया बोला, "भारत में बच्चों को शिक्षा उनकी मातृभाषा में दी जाए–ऐसी मांग करेगा।"

"तो उसमें अनुचित ही क्या है?" मैंने कहा, "प्रत्येक देश अपनी भाषा में शिक्षा देता है।"

"गधे हो तुम।" रामलुभाया ने कहा, "ऐसा व्यक्ति रामनवमी के दिन अपने घर में न तो केक काट कर हैप्पी बर्थडे टू यू श्रीराम गाएगा और न ही मैरी क्रिस्मस और हैप्पी न्यूइयर के कार्ड भेजेगा, और न ही 31 दिसंबर की रात को शराब पीकर दंगा करेगा।"

"तो इन सबसे इस नौकरी का क्या सम्बन्ध?" मैंने चिल्ला कर कहा।

"सचमुच नहीं समझते?" रामलुभाया ने पहली बार कुछ हताश होकर मेरी ओर देखा।

"नहीं।" मैंने कहा।

''अरे यार, वह दिनों को संडे-मंडे न कह कर सोम और मंगल कहेगा। जनवरी-फरवरी को छोड़ कर चौत्र बैसाख की बात करेगा। रेड और येलो न कह कर लाल-पीला कहेगा। मौम और डैड न कह कर माता जी और पिता जी कहेगा। घर में क्रिसेंथमम और पेंजी न लगा कर तुलसी का बिरवा लगाना चाहेगा।'' उसने मेरी ओर देखा, ''यह सब हम कैसे सहन कर सकते हैं।''

''क्यों क्या कष्ट है तुमको इसमें?'' मैंने उसे डांटा, ''कोई आदमी अपने देश और समाज के अनुरूप रहना चाहता है तो तुम्हारे पेट में शूल क्यों उठता है?''

''यदि वह अपने ढंग से रहता है, अपनी भाषा बोलता है, अपने पेड़ पौधें, अपने पर्व त्यौहारों से जुड़ा रहता है, चाकलेट के स्थान पर बर्फी खाता है, केक के स्थान पर हलवा पसंद करता है—तो वह गीता और रामायण कैसे छोड़ देगा?'' रामलुभाया लगभग रो ही पड़ा।

''तो उससे क्या होगा?'' मैंने कहा, ''तुम उससे गीता और रामायण छुड़वाना ही क्यों चाहते हो?''

''बाज़ार में शिकंजी और लस्सी ही चलती रही तो व्हिस्की और कोक कैसे बिकेंगी? गीता और रामायण ही पढ़ी जाती रही तो वह पाश्चात्य रंग में कैसे रंगा जाएगा, ईसाई कैसे बनेगा? वह न तो विदेशी व्यापार को जमने देगा, न विदेशी संस्कृति को और न ही विदेशी धर्म को।''

''तो तुम इस देश को एक साथ ही राजनीतिक, सांस्कृतिक और आर्थिक दृष्टि से दास बना देना चाहते हो?'' मैंने कहा।

''अब यह सब अलग-अलग तो नहीं हो सकता न। होगा तो सब कुछ एक साथ ही होगा। यह तो एक प्रकार का पैकेज डील है।'' वह मुस्कुरा रहा था।

''पर उससे तुम्हें क्या लाभ होगा?'' मैं एक प्रकार से रो पड़ा।

''नहीं तो ये विदेशी संस्थाएं मुझे लाखों रुपए प्रति मास क्यों देंगी?'' उसने मुझ पर एक विजय भरी मुस्कान डाली।

(05.01.1999)

वह कहां है?

बुश ने अपनी जेब में से निकाल कर, मुशर्रफ की फैली हुई हथेली पर डॉलरों का ढेर लगा दिया।

"बताओ! ओसामा कहां है? मेरा तात्पर्य है ओसामा बिन लादेन, जो अलकायदा संगठन का मुखिया है?"

"शायद वह अफगानिस्तान में ही कहीं छिप गया है।"

"इतना तो मैं भी जानता हूं।" बुश रुष्ट हुआ, "तुमको इस सूचना के लिए इतने डॉलर नहीं दिए हैं।"

"बता रहा हूं।" मुशर्रफ तनिक भी नहीं डरा, "तुम पूरी बात तो सुनते नहीं हो, बस बीच में ही बरस पड़ते हो।"

"बताओ।" बुश कुछ शांत होकर बोला।

"वह कंधार के पास होगा। कंधार में तालिबान का गढ़ है। वहां वह स्वयं को सुरक्षित समझता है। गढ़ समझते हो न?"

"गढ़ पहले किले को कहते थे।" बुश ने कहा, "अब तो जमावड़े को कहते हैं। और किला हो भी तो क्या, हमें कौन दरवाज़े में से होकर जाना है। ऊपर से बम ही तो बरसाने हैं।"

"ठीक समझे। कंधार में इस समय सबसे अधिक संख्या में तालिबान सैनिक हैं।"

"तो कंधार पर बमबारी करूं?" बुश ने पूछा, "वह मिल जाएगा।"

"बमबारी से कभी कोई मिला है। उससे तो लोग मर जाते हैं, पर अभी रुक जाओ।"

"क्यों?"

"रमज़ान का महीना है। मुसलमानों के लिए यह बहुत पवित्र महीना

है। इसमें अफगानिस्तान पर बम मारोगे तो सारे संसार के मुसलमान तुम्हारे विरुद्ध हो जाएंगे।'' मुशर्रफ ने कहा, ''और मुसलमान जिसके विरुद्ध हो जाते हैं, अल्लाह भी उसके विरुद्ध हो जाता है।''

''देखो!'' बुश ने अपनी तर्जनी से उसे धमकाया, ''तुम उतनी ही चालाकी किया करो, जितनी मुझे बुरी न लगे। जहां दो शत्रु लड़ रहे होते हैं, वहां यह नहीं देखा जाता कि कब किसका पर्व है, कौन सा दिन पवित्र है, कौन कब आराम कर रहा है, कौन कब खाना खा रहा है, और कौन कब टॉलेट में बैठा है।''

''अरे भाई! तुम मुसलमानों के विरोध से नहीं डरते? तुम क्या मुसलमानों के विरुद्ध लड़ रहे हो?''

''नहीं! हम आतंकवाद के विरुद्ध लड़ रहे हैं। अब तो मैं उनकी इफ्तार पार्टी में भी हो आया हूं।''

''तो फिर मुसलमानों को रुष्ट मत करो, नहीं तो कयामत आ जाएगी।''

''रमज़ान के दिनों में जब मुसलमान भगवान् को याद करने के स्थान पर आपस में लड़ते रहते हैं तब? अफगानिस्तान में भी तालिबान ने जितना हिंदुओं को सताया और मारा है, उससे अधिक संख्या में तो उन्होंने मुसलमानों को ही सताया और मारा है।''

''असल में रमज़ान में जो मुसलमान मरता है, उसे शहीद माना जाता है। वह सीधा जन्नत में जाता है।'' मुशर्रफ बोला।

''इस तर्क से तो तुम सारे मुसलमानों को रमज़ान में मार डालोगे। मैं यह नहीं होने दूंगा।'' बुश ने कहा, ''जो मुसलमान रमज़ान के महीने में मरता है, वह कब्र में नहीं जाता, जन्नत में जाता है?''

''हां! काफ़िरों के हाथ से मरे तो कब्र में जाता है, मोमिनों के हाथों मारा जाए तो जन्नत में जाता है।''

''उल्टी बात कर रहे हो।'' बुश ने उसे डांटा, ''स्वर्ग में तुम्हारा राज्य नहीं है जनरल! कि जिसे चाहो उसे फ्री पास दे दो। आसमान पर ईसा मसीह की बादशाहत है। तुम्हारा शासन कब्रों तक ही है। अब तुम तालिबान के लिए कब्रें खोदो, जो अपने लिए ही खोदते रहे हो।''

''तुम समझते क्यों नहीं?'' मुशर्रफ बोला, ''तालिबान को अपनी तैयारी करने का कुछ समय दोगे या नहीं। इतना समय तो दो कि मैं उन्हें कुछ

हथियार पहुंचा सकूं। उनकी सहायता के लिए पाकिस्तानी जनरल भेज सकूं। मुल्ला उमर को छिपा सकूं। बाकी मुल्ला अपनी सुरक्षा के लिए, अपने परिवारों की सुरक्षा के लिए कुछ प्रबन्ध कर सकें। रमज़ान के महीने में भूखे रहकर वे कैसे लड़ेंगे। कब्रें खोदने के लिए भी कुछ खाया पिया होना चाहिए।''

''हम मुल्ला उमर को भी ढूंढ रहे हैं। वह कहां है?'' बुश ने जैसे मुशर्रफ की बात सुनी ही नहीं थी।

''वह भी कंधार में ही छुपा होगा।''

''झूठ बोल रहे हो तुम।''

''मैंने कब कहा कि मैं सच बोल रहा हूं।'' मुशर्रफ हंसा, ''हमारी तुम्हारी मित्रता का समान आधार ही यही है कि हम दोनों सच नहीं बोलते, हमारा कोई सिद्धांत नहीं है और हम दोनों ही अव्वल दर्जे के स्वार्थी हैं।''

''मैं कब झूठ बोला?'' बुश तड़प कर बोला, ''अमरीकी झूठ नहीं बोलते।''

''कुंदूक में जब तालिबान घिर गए थे, मैंने तुमसे कहा था न कि मुझे वहां से अपने सैनिक निकाल लेने दो। तुम्हारी अनुमति और सहमति से ही तो मैंने रात को विमान भेज कर वहां से अपने सिपाही और अफसर निकाले थे।'' मुशर्रफ ने कहा, ''तब संसार भर ने तुमसे कहा था कि पाकिस्तान अपने सैनिक निकाल रहा है। तुम सफेद झूठ बोले थे कि तुम्हें ऐसी कोई खबर नहीं है। जब ऐसा समय आता है तो कैसे बेखबर हो जाते हो तुम।''

''कहा होगा। तुम्हारे ही भले के लिए कहा था। मित्र के हित में झूठ बोलना अनुचित नहीं माना जाता।'' बुश लापरवाही से बोला, ''हम पाकिस्तानी सेना को कमज़ोर नहीं करना चाहते। हम तो ओसामा को खोज रहे हैं। हमें सूचना मिली है कि ओसामा और उमर दोनों कराची में छिपे हैं।''

''किसने सूचना दी है। उसका नाम बताओ। अभी टांगता हूं उसे सूली पर।''

''तुम क्या सूली पर टांगोगे। तुम तत्काल कह दोगे कि उस नाम का कोई आदमी पाकिस्तान में है ही नहीं। चलो छोड़ो उसे।'' बुश ने कहा, ''हमें सूचना मिली है कि कराची के बाज़ार में एक बुर्केवाली को दूसरी बुर्केवाली ने कहा, 'ओसामा सुन।' पहली बुर्केवाली ने तड़प कर कहा, 'तूने

मुझे कैसे पहचान लिया बदज़ात!' दूसरी बुर्केवाली ने कहा, घबरा मत। मैं मुल्ला उमर हूं।''

''यह सूचना नहीं चुटकुला है।'' मुशर्रफ चिढ़कर बोला, ''ये भारतीय लोग हमारा कुछ बिगाड़ नहीं सकते तो हमारे विरुद्ध ऐसे चुटकुले बनाने लगते हैं। इसे शत्रु की ओर से उड़ाई हुई अफवाह माना जाना चाहिए।''

''हमने तो कुंदूक से पाकिस्तानी सिपाहियों को सुरक्षित निकालने की सूचना को भी अफवाह ही माना था। इसे भी मान लेंगे। पर पहले बताओ कि ओसामा और उमर कहां हैं।''

''हम तुम्हारे मित्र हैं। ओसामा के नहीं। हम कैसे जान सकते हैं कि वे कहां हैं। तुम्हें सूचना थी तो तुमने कराची में दोनों बुर्केवालियों को पकड़ क्यों नहीं लिया?''

''अरे जब तक हम सावधान होते, वे दोनों बुर्केवालियां और सैकड़ों बुर्केवालियों में मिल गईं, जैसे हिंदी फ़िल्मों में अपना बचाव करने के लिए नायक-नायिका नाचते-गाते बरातियों में मिल जाते हैं। बताओ वह कहां है?''

''नहीं जानता.। पूछो कि बुश कहां है तो अभी बता दूं।''

''बुश कहां है, मैं भी जानता हूं। उसकी मुझे खोज भी नहीं है।'' बुश ने कहा, ''तुमको हमने मित्र ही इसीलिए बनाया है, क्योंकि तुम जानते हो कि ओसामा और उमर कहां हैं।'' बुश ने कहा, ''जल्दी बताओ।''

''पहले वादा करो कि रमज़ान के महीने में बमबारी बंद रहेगी।''

''नहीं! यह नहीं हो सकता।'' बुश ने कहा, ''इससे तो मेरी सेनाएं मुझे ही खा जाएंगी। चलो बमबारी कहीं ऐसे स्थान पर करेंगे, जहां कोई न रहता हो।''

''नहीं! ओसामा पहले ही कह रहा था कि तुम सैनिकों को कम मारते हो, निहत्थे नागरिकों को अधिक मारते हो।''

''तो ओसामा ने हमारे ट्रेड सेंटर में जिन हज़ारों लोगों को मारा, वे फौजी वर्दी पहने लाम पर जा रहे थे क्या? उसने उन निहत्थे असैनिक नागरिकों को नहीं मारा?''

''वह कहता है कि वे निहत्थे चाहे रहे हों, किंतु वे अमरीकी सिस्टम का अंग थे। अमरीकी फौजी मशीन के ही पुर्ज़े थे। उन्हें मरना ही था।

उन्हें मारा ही जाना था। यह सवाब का काम है। वह जेहाद कर रहा है न।"

"उसका क्या है," बुश ने नाराज़ होकर कहा, "स्वयं तो गुफाओं में सुरक्षित छुपा बैठा रहता है और जीवन की उमंगों और ऊर्जा से भरे पूरे नवयुवकों को पट्टी पढ़ाकर आत्मघाती हमलों में मरने के लिए भेजता है। किसे मरना है, और किसे नहीं मरना है, इसका निर्णय करने वाला वह कौन होता है। वह भगवान् है क्या? सवाब और जेहाद-शब्दों के खेल से वह संसार भर को मूर्ख बना रहा है। अमरीका उसकी बातों में नहीं आ सकता।"

"हमारे लिए तो वह भगवान् ही है, उसने हमें अफगानिस्तान की सल्तनत बख़्शी है। तुम हमें भारत दे दो, हम तुम्हें अफगानिस्तान दे देंगे। वह दाता है। करोड़ों डॉलर लुटाता रहता है।"

"और हम क्या हैं?" बुश का चेहरा क्रोध से तमतमा आया, "हमने रूस के विरोध के नाम पर वे सारे हथियार न दिए होते तो ओसामा तुम्हें क्या दे देता। खाते हमारा हो और गुणगान उसका करते हो। तुम्हारे जैसा कृतघ्न मैंने दूसरा नहीं देखा।"

"देखो! हम मित्र हैं और मित्रता में इस प्रकार नाराज़ नहीं होते। मित्रता में कुछ त्याग करना पड़ता है। वचन दो कि तुम रमज़ान के महीने में अफगानिस्तान पर बमबारी नहीं करोगे। मैंने उमर को वचन दिया था कि रमज़ान के महीने तक मैं अमरीका को रोके रखूंगा।"

"बमबारी तो नहीं रुक सकती।" बुश बोला, "अफगानिस्तान पर नहीं करेंगे तो पाकिस्तान पर करेंगे। बोलो क्या कहते हो।"

"क्यों?"

"अरे यह कह कर कि ओसामा वहां छिपा हो सकता है, हम कहीं भी बमबारी कर सकते हैं।"

"तो भारत पर बम बरसाओ।" मुशर्रफ ने कहा, "कहो कि ओसामा वहां छिपा हुआ है।"

"वह भी हो सकता है।" बुश ने मन ही मन कोई योजना बनाते हुए कहा, "तुम ओसामा को भारत में धकेल दो। उसे कहो कि वह अजमेर शरीफ की यात्रा पर चला जाए। हम सारा भारत तहस-नहस कर डालेंगे।"

“हो तो सकता है।” मुशर्रफ भी गंभीर हो गया, “पर भारत ओसामा को पकड़कर किसी के हाथ भी ढाई करोड़ डॉलरों में बेच देगा। वह दोस्तम के हाथ लग गया तो दोस्तम उसे बीचों-बीच से चीर कर पेड़ पर लटका देगा।”

“रमज़ान के महीने में एक मुसलमान दूसरे मुसलमान को मार देगा?”

“इन अफगानों का कोई भरोसा नहीं है।”

“भरोसा तो तुम्हारा भी कोई नहीं है।” बुश के होंठ वक्र हो उठे।

“छोड़ो न यार। तुम तो हर बात को हमारी ही ओर मोड़ देते हो।” मुशर्रफ ने कहा, “अच्छा! रमज़ान में बमबारी बंद करो, हम मुल्ला क़ईफ को बांध कर तुम्हारे हवाले कर देते हैं।”

“वह कौन है?”

“पाकिस्तान में तालिबानों का राजदूत।”

“जिनका राज्य ही नहीं है, उनका राजदूत।” बुश बोला, “उसे तुमने बचा रखा है और वह प्रेस कांफ्रेंस करता रहता है। उसके लिए वह तो पिटेगा ही, तुम भी दंड पाओगे। उसे जेल में डालो और बताओ कहां है ओसामा और कहां है मुल्ला उमर?”

“वहीं कहीं अफगानिस्तान में छिपे हैं। हमारा एक पत्रकार ओसामा से मिल कर आया है।”

“बताओ! कहां है? नहीं तो रमज़ान में बम बरसते रहेंगे।”

“बरसते रहें। तुम्हें अपने बम बरबाद करने का शौक है तो बरसाते रहो। आदमी तो एक नहीं मरने वाला। अपने बमों से रेत उछालते रहो और रेगिस्तान में गड्ढे बनाते रहो।”

“हम बमबारी बंद कैसे कर सकते हैं। हमें भी तो दुनिया को मुंह दिखाना है।”

दो

“तुम कैसे मुसलमान हो, उन अमरीकियों के मित्र बनकर हमें मरवा रहे हो?” ओसामा ने मुशर्रफ को डांटा।

गुफाओं में छिपे ओसामा को मुशर्रफ सूचना देने आया था कि अमरीका रमज़ान में बमबारी नहीं रोकेगा, इसलिए रमज़ान की प्रतीक्षा बेकार है, वह अभी ही कहीं और के लिए निकल ले। पर ओसामा ने उसे डांट दिया था।

''देखो!'' मुशर्रफ कुछ रुष्ट होकर बोला, ''एक बार इशारा कर दूं कि तुम कहां हो तो ढाई करोड़ डॉलर मेरी जेब में और अरबों डॉलरों के हथियार पाकिस्तान की सेना को मिल जाएंगे। मैं उनका लालच नहीं कर रहा। तुम्हारी मित्रता निभा रहा हूं और तुम भी मुझे ही सुना रहे हो।''

ओसामा ने अपने साथी को संकेत किया। उसने संदूक खोल कर ढाई करोड़ डॉलर गिन दिए।

''यह लो, जो तुम्हें अमरीकी काफिरों से मिलना है, वह मैं ही दिए देता हूं।'' ओसामा ने कहा, ''अब बताओ, क्या करना है।''

''तुम अपने साथियों समेत निकल लो।''

''पर जाऊं कहां? सारे रास्ते तो बंद हैं।''

''कबाइली इलाके में से होकर पाकिस्तान निकल जाओ। वहां से पाकिस्तानी फौज की गाड़ियों और जहाज़ों में बैठ कर दुनिया में जहां जाना चाहो, चले जाओ। कहो तो तुम्हें अमरीका या कनाडा ही भिजवा दूं। वहां ठाट से बैठे रहना। दाढ़ी मुड़ा देना और नाम बदल लेना। मैं बुश को तुम्हारे होने का ऐसे-ऐसे स्थानों का पता दूंगा कि दुनिया के सारे बम समाप्त हो जाएंगे और तुम्हारा बाल भी बांका नहीं होगा।''

ओसामा ने उसे संदेह की दृष्टि से देखा : यह उसे मूर्ख तो नहीं बना रहा। कहीं उसे अपने जहाज़ में बैठा कर सीधा अमरीकी जेल में ही न उतार दे।

''पर पाकिस्तान से कहां जाऊंगा?''

''सऊदी अरब चले जाना। सोमालिया चले जाना। कहीं न जा सको तो वापस अफगानिस्तान आ जाना।'' मुशर्रफ ने कहा, ''पर इस वक्त यह गुफा खाली कर दो।''

''यह तुम्हारा सरकारी बंगला है कि हुक्म दे रहे हो कि इसे खाली कर दूं।'' ओसामा ने कहा, ''तुम बमबारी रुकवाओ और उनसे कहो कि हमसे जमीनी लड़ाई लड़ लें। अल्लाह की क़सम सारी अमरीकी फौज को

तबाह कर दूंगा, जैसे रूसी फौज को खदेड़ बाहर किया था।''

''अब कहोगे कि मैं अमरीकियों से कहूं कि वे तुमसे बंदूकों से नहीं, तलवारों से लड़ें।'' मुशर्रफ बोला, ''और ज्यादा ऐंठो मत। रूसियों से हमारे सिपाही और अमरीकी हथियार से लड़े थे। हमारे सिपाही और अमरीकी साज़ोसामान न होता तो तुम क्या कर लेते।''

''पर तुम हमें इन गुफाओं से क्यों निकालना चाहते हो? यहां हमें कोई तकलीफ नहीं है।'' ओसामा ने दीन होकर कहा।

''मेरे मन में एक योजना है। तुम अफगानिस्तान के बाहर कहीं भी एक मदरसा खोल कर बैठ जाओ। मैं अमरीकियों को तोड़-फोड़ में लगाए रखूंगा। उन्हें तुम्हारी हवा तक नहीं मिलेगी।''

''तुम्हारी दोस्ती मेरी समझ में नहीं आती। जहां अमरीकी बम पड़ते हैं, वहां पाकिस्तानी सिपाही होते ही नहीं और तालिबान भाग जाते हैं। बेचारे अरब ही मारे जाते हैं।''

''देखो पाकिस्तानी अपनी नौकरी कर रहे हैं। तालिबान सिर्फ निहत्थे स्त्री-पुरुषों पर अत्याचार कर रहे हैं। वैसे वे अपने देश में बैठे हैं। शहीद होने का शौक तो तुम अरबों को ही चर्राया था। कायदा छोड़ कर अलकायदा हो गए, इसीलिए अरब शहीद हो रहे हैं। अब तुम यहां से खिसक लो। ऐसा न हो कि हमें यहीं तुम्हारा फातिहा पढ़ना पड़े।''

तीन

बुश ने मुशर्रफ से पूछा, ''कुछ पता लगाया—कहां है ओसामा?''

''हां! कुछ खबर तो लगी है कि वह तोड़ा-फोड़ा की पहाड़ी गुफाओं में छिपा बैठा है।''

''यह तोड़ा-फोड़ा कहां है?''

''अरे तुम तोरा बोरा की पहाड़ियां नहीं जानते। हमारे पाकिस्तान की सीमा से ही तो लगती हैं।''

''ओह! ''बुश ने कहा, ''वे गुफाएं संख्या में बहुत हैं। बहुत लंबी हैं। पहाड़ी पत्थरों के नीचे हैं। वहां ओसामा को खोजना बहुत मुश्किल है।''

''तो क्या हो गया?'' मुशर्रफ ने कहा, ''तुम्हारे इतने भारी-भारी बम

किस दिन काम आएंगे। उनको छाती पर रखकर साथ ले जाओगे? जमकर बरसाओ। इतनी बमबारी करो कि तोरा बोरा का नाम तोड़ा फोड़ा हो जाए।''

''पक्का है न! कि वह वहीं है?''

''हमारी सूचनाओं के अनुसार दोनों वहीं हैं–ओसामा भी और मुल्ला उमर भी।''

''ठीक है।''

अमरीका ने अपने साथियों के साथ मिल कर तोरा बोरा की पहाड़ियों को घेर लिया। दिन रात बम बरसाए और जमीन पर उत्तरी गठबंधन के सैनिक लड़ते रहे। पर ओसामा नहीं मिला।

''कहां गया?'' बुश ने पूछा।

''यहां नहीं है।'' उत्तरी गठबंधन ने कहा, ''हो सकता है पाकिस्तान में हो या कबाइली क्षेत्र में छुपा हो, पर यहां नहीं है।''

अमरीका को सन्तोष नहीं हुआ तो बुश ने अपने सैनिक वहां लगा दिए, ''एक-एक पत्थर उठा कर देखो और एक-एक गुफा में झांक कर नहीं, घुस कर देखो।''

बुश ने मुशर्रफ से पूछा, ''ओसामा कहां है?''

''मेरा विचार है कि तुम्हारी बमबारी के कारण वह वहीं कहीं दब कर मर गया है।''

''इसका प्रमाण कहां है? उसका शव मिल गया क्या?''

''मैंने तो अपना अनुमान बताया है।'' मुशर्रफ ने कहा।

''मैं प्रमाण मांग रहा हूं। तुम्हारा अनुमान नहीं।'' बुश नाराज हो गया, ''तुम्हारे कहने पर मैंने अपना इतना सामान वहां बरबाद किया है।''

''अच्छा! मैं प्रमाण भी लाकर दूंगा।''

चार

अगले दिन मुशर्रफ एक अरब के हाथ पैर बांध कर ले आया।

''यह कौन है?'' बुशने पूछा।

''यह अलकायदा का सैनिक है। हमने इसे भागते हुए गिरफ्तार किया है।''

''तो इसे मेरे पास क्यों लाए हो। डाल दो किसी कुंए खाई में।''

''यह साधारण आदमी नहीं है।'' मुशर्रफ ने उसकी उपाधियां गिनाईं, ''यह ओसामा के अंगरक्षकों में से एक है। यह उस समय भी ओसामा के साथ था, जब उसकी मौत हुई।''

''झूठ बोल रहे हो तुम।'' बुश का मुंह क्रोध से लाल हो गया, ''अगर बमबारी में ओसामा दबकर मर गया तो यह यहां कैसे खड़ा है। इसे भी वहीं दफन हो जाना चाहिए था।''

अरब ने मुशर्रफ की ओर देखा।

''बात यह है कि ओसामा बमबारी में नहीं मरा है।'' मुशर्रफ ने कहा, ''वह अपने फेफड़ों के रोग से मरा है। बाहर इतनी बमबारी हो रही थी कि भारत से दवाएं आ नहीं सकीं। न ओसामा को डॉक्टर के पास ले जाया जा सका, न डॉक्टर को भीतर लाया जा सका। वह दवा के न मिलने से अपने रोग से ही मर गया। तुम उसके कत्ल के गुनाहगार नहीं हो, तुम्हें अल्लाह को कोई जवाब नहीं देना पड़ेगा, पर अगर तुम यह बमबारी न करते तो हम उसे पकड़ सकते थे और तुम से ढाई करोड़ डॉलर ले सकते थे। हाय रे ढाई करोड़...।''

बुश ने अरब की ओर देखा।

''हां हुज़ूर! जनरल साहब ठीक कह रहे हैं।'' वह बोला, ''शेख ओसामा बिन लादेन अपनी बीमारी से मर गए। मैं वहीं था। उन्हें चुपचाप वहीं दफना दिया गया। मैं तो उनकी नमाफ़े जनाज़ा में भी शरीक हुआ था। क्या करते, किसी को ख़बर कर नहीं सकते थे। बाहर बम बरस रहे थे।''

''अरे जब वह मर ही गया था तो उसे हमें सौंप कर ढाई करोड़ से तो ले लेते।'' बुश बोला, ''एनीवे, तुम मुझे वह जगह दिखा सकते हो, जहां वह दफनाया गया है। मैं वहां खुदाई करवा कर उसकी लाश निकाल कर अपनी तसल्ली करना चाहता हूं।''

''आपको मेरे चेहरे की मुर्दनी से विश्वास नहीं होता? कोई भी समझ सकता है कि मैं गमी में हूं।''

''नहीं मुझे विश्वास नहीं होता। मैं किसी अरब का विश्वास नहीं करता।

विश्वास तो मैं पाकिस्तान का भी नहीं करता, पर काम तो चलाना है न।''

अरब ने फिर मुशर्रफ की ओर देखा।

''बात यह है प्रेसिडेंट साहब! ''मुशर्रफ ने कहा, ''कि आपने बमबारी करके उन सारी गुफाओं को इस प्रकार तहस-नहस कर दिया है कि अब इसके लिए तो क्या मेरे लिए भी उन गुफाओं को पहचानना मुश्किल है। और ओसामां खुद कब्र से उठकर आएगा नहीं।''

''भागो यहां से।'' बुश ने अरब को घूंसा दिखाया, ''तुम भी झूठे हो। यह तो है ही।''

अरब भाग गया। बुश ने मुशर्रफ की ओर देखा, ''ओसामा कहां है?''

''देखो! तुमने तोरा बोरा की पहाड़ियों को चकनाचूर कर दिया है। उसकी एक-एक गुफा को छान मारा है। वह अब भी तुमको नहीं मिला है। अब भी तुम मुझ से पूछोगे तो मैं तुम्हें कोई न कोई जगह तो बताता ही रहूंगा। कह दूं कि वह चेचन्या में है, तो चलेगा?''

''तो मैं क्या करूं?''

''अच्छा है कि उसे भूल जाओ। लोगों को अफगानिस्तान के निर्माण में उलझाओ, और इस बहाने वहां राज करो। अरे ऐश करो और खुश रहो।'' मुशर्रफ ने कहा, ''क्या रखा है उन दो मुल्लाओं के चेहरों में कि उन्हें देखे बिना तुम्हारा जीना हराम है। देखना ही है तो कोई हसीन चेहरा देखो।''

''मुझे बिल वाले शौक नहीं हैं।'' बुश ने अपना सिर झुका लिया।

पांच

''यह तुमने क्या किया?'' ओसामा ने पूछा, ''तोरा बोरा की सारी पहाड़ियों को तोड़ा फोड़ा कर दिया?''

''हां! अमरीकियों को कुछ काम तो देना था।''

''क्या मतलब?''

''तुमने सुना होगा कि एक आदमी ने एक ज़िन्न को अपने कब्ज़े में कर लिया। ज़िन्न ने कहा कि वैसे तो वह अपने आक़ा का हर हुक्म

बजा लाएगा, पर जैसे ही वह खाली होगा, वह अपने आक़ा को खा जाएगा। इसलिए उसका आक़ा उसे लगातार कोई न कोई काम बताता रहे, ताकि ज़िन्न को फुर्सत न मिले।''

''मुझे ज़िन्न भूतों की कहानियां क्यों सुना रहे हो?''

''अरे यह बुश भी वैसा ही ज़िन्न है। हर समय तुम्हें खोजने के लिए जगह पूछता रहता है। उस ज़िन्न के आक़ा ने एक तरकीब सोची। उसने जमीन में एक खंभा गाड़ दिया और कहा कि ज़िन्न को जब कोई काम न हो, तब वह उस खंभे पर चढ़ता और उतरता रहे। मैंने बुश को तोरा बोरा की पहाड़ियों के रूप में एक खंभा दे दिया है।''

''पर उससे तो हमारी सारी गुफाएं बर्बाद हो गईं।'' ओसामा ने सिर पकड़ लिया।

''जब ईंटों पत्थरों की रोज़ी बनानी होती है तो मजदूर लगाने पड़ते हैं, जो दिन भर बैठ कर उसे तोड़ते हैं।'' मुशर्रफ ने कहा, ''मैंने वही काम अमरीकियों से करवाया है। मकान बनाने के लिए अब वहां काफी पत्थर हैं। उन्होंने सारे अफगानिस्तान में मकान बनाने के लिए हमारे लिए पत्थर तोड़ दिए हैं। और...।''

''और क्या?''

''हम जब भी अफगानिस्तान पर कब्जा करने की कोशिश करते थे, ये पठान उन गारों में छिप कर हमारे नाक में दम कर देते थे। अब न वे पहाड़ हैं, न वे गुफाएं।'' मुशर्रफ मुस्कुराया, ''अमरीका कब तक उनकी रखवाली करेगा। कभी तो अपने देश लौटेगा। तब फिर हम होंगे और पख़्तून। अब पख़्तून किन गुफाओं में छिपकर हमारे सिपाहियों से बचेंगे?''

मुशर्रफ बहुत प्रसन्न था और ओसामा के चेहरे पर मुर्दनी छाई हुई थी।

(23.1.2002)